ら、
またたびとして溺愛されてます
獣な王子に求婚されました 2

妹に婚約者を取られたら、獣な王子に求婚されました
～またたびとして溺愛されてます～ 2

桜井 悠

illustration 氷堂れん

ICHIJINSHA IRIS NEO

CONTENTS

1章　「妹姫がいらっしゃったようです」
P.006

2章　「娘と母親と」
P.047

3章　「隣国の英雄と国王陛下」
P.098

4章　「聖剣を使おうと思います」
P.141

5章　「獅子と雷槍は高め合う」
P.172

6章　「先祖返りの秘密とは」
P.225

終章　「新しい生活が始まるようです」
P.258

書き下ろし番外編1　「蛇の画家の思うことは」
P.263

書き下ろし番外編2　「あなたと故郷で林檎を」
P.274

あとがき
P.285

この作品はフィクションです。
実際の人物・団体・事件などには関係ありません。

妹に婚約者を取られたら、獣な王子に求婚されました〜またたびとして溺愛されてます〜2

1章　「妹姫がいらっしゃったようです」

「――お姉さま、お願いです。どうか私にそれを、譲ってくれませんか？」

コーデリアの意識に、高い声が届いた。

顔を上げれば目に入る、闇に浮かび上がる長い髪。

星屑をまぶしたような銀髪の、妹のプリシラの姿がそこにあった。

小ぶりな唇に、透き通った淡い青色の瞳。頬は柔らかに色づき、愛らしい曲線を描いている。百人が百人とも美少女と認めるであろう、どこまでも可憐な容姿は、姉であるコーデリアとはあまり似ていなかった。

フリルをふんだんに使った空色のドレスに、銀の髪が輝くプリシラ。対してコーデリアはありふれた茶色の髪で、地味で流行遅れのドレスを着ていた。

「ね、お姉さま、いいでしょう？　私とってもとても、それが欲しくてたまらないんです」

「それって何？」

コーデリアの問いかけに、プリシラの細い指が動いた。

指し示す先はコーデリアの隣、金の髪を持つ美しい青年だ。

「レオンハルト殿下……」

「はい、そうです。私、殿下の婚約者になりたいんです」

プリシラがうっとりと、レオンハルトを見上げている。彼が自分を選ぶに違いないと、微塵も疑っていない顔だった。

「ね、お姉さまだって、わかってくれるでしょう？　殿下の隣には、私がいるべきだって――」

「嫌よ」

コーデリアはきっぱりと言い切った。

お菓子を人形をぬいぐるみを、そして四人の婚約者を。全てプリシラに奪われてしまった思い出。

それが十年以上、コーデリアにとっての当たり前だったのだが、

「私は、レオンハルト殿下と共に生きたいわ」

レオンハルトの隣だけは、決して譲りたくはなかった。

北方大陸において、大国として知られるライオルベルン王国。その王家に生まれたのがレオンハルトであり、コーデリアは弱小伯爵家の令嬢だった。身分に隔たりのある二人だったが、レオンハルトの特殊な体質により、運命が交わっていくことになる。

ライオルベルン王家の祖である、獅子の聖獣への先祖返り。

レオンハルトは獅子へと姿を変じることができ、相手の魂と精神の在り方を「匂いのようなもの」として感じ取る異能を持っていた。彼にとってコーデリアの放つ香りは極上。猫にとっての、またたびのように感じられるのだ。

コーデリアにまたたび――妃になってくれと頼み、求婚してきたレオンハルト。

最初こそコーデリアは戸惑ったが、誠実なレオンハルトに惹かれ、今では相思相愛になっていた。

「……そうよ。今はもう、あの頃とは違うのよ」

レオンハルトのことを思うと、コーデリアの心に火が灯った。

甘く熱い、レオンハルトの瞳を思い出しながら、まっすぐにプリシラを見つめる。

波打つ長い髪は美しいが、それは現実ではあり得ない姿だ。プリシラの自慢だった髪は、火で焦げ短くなってしまっていた。

「だからそう。これは――」

◇◇◇◇◇◇◇◇◇◇◇◇◇◇◇◇◇

「……夢……」

小さく呟くと、コーデリアはシーツの上に身を起こした。

いくどか目を瞬かせるうちに、意識がはっきりとしてくる。

「プリシラが夢に出てきたのは……」

きっと昨晩遅くまで、プリシラの私物を整理していたせいだ。

一月ほど前、コーデリアは王国を揺るがす陰謀に巻き込まれた。レオンハルトの異母兄であり、王太子だったザイード。レオンハルトを憎む彼は、プリシラやコーデリアの元婚約者らを手駒に、レオンハルトに国家反逆の濡れ衣を着せようとしていた。その陰謀が挫かれた結果、ザイードは廃太子となり幽閉の身と化し、プリシラも美しい髪と今まで十年間の記憶を失っている。今は母親と一緒に、グーエンバーグ伯爵家の領地の屋敷で静養しているところだ。彼女たちの面倒は父親が見てくれているが、コーデリアにもまだやることがあった。

　幼い頃より十年以上、両親に甘やかされてきたプリシラ。王都にあるグーエンバーグ伯爵邸には、両親が買い与えた、プリシラの私物が数多く残されていたのだ。

「……本当に、たくさんあったのよね」

　伯爵家の令嬢の持ち物とは、思えないほどの量だった。

　コーデリアはそれらを仕分け、整理し、領地の屋敷への配送を、昨晩指示し終えたところだ。骨の折れる作業だったが、これでようやく、プリシラに関しては一区切りがついたのだった。

「あとは伯爵家の領地の引継ぎ作業をジストと進めて……」

　行うべき作業を確認していると、部屋の扉が鳴らされた。

「おはようございます、コーデリア様」

　入ってきたのは長年の付き合いである、コーデリア付き侍女のハンナだった。きっちりと黒髪を結い上げ、お辞儀の角度も完璧(かんぺき)な、まさに侍女の鑑(かがみ)といった姿だ。

　ハンナはコーデリアに近づくと、そっと足首へと触れた。

「腫(は)れは完全に引いたようですね。痛みはありませんか？」

「ええ、大丈夫よ」

　右足首をさすりつつ、コーデリアは呟いた。ザイードとの一件で足を負傷してから二十日ほど。足首の痛みは、すっかり消え失(う)せたようだった。

(……これでもう、殿下に抱き上げられることも無いはず)

ここ最近のレオンハルトとのやりとりを思い出し、コーデリアは頬を赤くした。

レオンハルトに会うたび、足を怪我していたコーデリアは抱き上げられている。

彼の優しさは嬉しかったけど……やはりまだまだ、刺激が強くて仕方なかった。

(これから、私は色々慣れていかなきゃいけないわ……)

ザイードの陰謀に対抗するため、コーデリアは獅子の姿のレオンハルトと共に、兵士たちの前へ出ていた。炎を操るレオンハルトを従えるコーデリアは、『獅子の聖女』と呼ばれており、近々レオンハルトと婚約を結ぶ予定だ。

ザイードの件の後始末や、レオンハルトの立太子で忙しいせいで後回しになっているため、婚約を正式に交わす日取りは決まっていないが、そう遠くない日のはずだった。

(王族の一員になる以上、今まで以上にきちんとしないとね)

コーデリアは気を引き締めつつ、寝間着からドレスへと着替えていった。

ハンナが持ってきてくれたのは、鮮やかな薔薇色のドレスだ。滑らかな生地は上等で、スカート部分には贅沢に、たっぷりとドレープがしつらえられている。胸元では黒のリボンが上品な愛らしさを演出し、袖口からは幾重にも重なった白のレースがのぞいていた。

「コーデリア様、どうされたのですか?」

着替えの途中、動きの鈍くなったコーデリアに、ハンナが声をかけてきた。

「今でも少し、このドレスを着ると緊張するわね」

ほんの数か月前まで、祖母と妹のお古を着回していたのだ。

コーデリアのためだけに仕立てられた上等なドレスに袖を通すのは、まだ慣れていないのだった。

「ご心配なさらずとも大丈夫ですよ。コーデリア様は十分、このドレスを着こなしていらっしゃいますわ」

コーデリアの全身を見、ハンナが頷いている。

「御髪や肌の色とも合っていて、よくお似合いですよ。さすが、あの殿下のお選びになられたドレスですね」

「……ありがとう」

ハンナの褒め言葉に、コーデリアはうっすらと頬を赤らめた。

このところコーデリアが身につけるドレスの多くは、レオンハルトから贈られたものだ。まともなドレスを持っていなかったコーデリアとしては、とてもありがたかった。

「殿下はとてもお優しいわ。普段から上等なドレスを身にまとっていた方が、着慣れてより見栄えがよくなるだろうって、何着もドレスを贈ってくださったのよ」

「それだけ、コーデリアお嬢様のことを愛されているんですね」

「…………」

目を細め微笑むハンナに、コーデリアは黙り込んだ。

レオンハルトの溺愛っぷりは有名で、王都を中心に噂になっている。

コーデリアとしては少し、気恥ずかしい思いがあるのだった。

着替え終わったコーデリアは、着々と仕事をこなしていった。

伯爵家に関わる諸々(もろもろ)に、王家との細々としたやりとりの数々。足を痛めていたため手紙でのやりとりも多く、なかなかに多忙だった。

「ふぅ……これで昼前の分は、半分終わったくらいかしら」

机から顔を上げ、ぐっと両腕を上へ伸ばした。

書類とのにらめっこで硬くなった体をほぐしていると、足に柔らかな何かが触れてくる。

「にゃー」

「……ニニ」

足元から聞こえた声に、コーデリアは顔をほころばせた。

ニニは真っ白で、長い毛を持つ猫だ。

毛先をほわほわとさせながら、コーデリアの足に体を擦(こす)り付けていた。

「ニニ、どうしたの？　ご飯の時間ならまだ先よ？」

「にゃっ!!」

ぽふぽふと、ニニの前足がコーデリアのドレスの裾(すそ)に押し付けられた。爪(つめ)はきちんとしまわれていて、薄い青の瞳が、期待の光を宿しコーデリアを見上げている。その期待に応(こた)えるべく、コーデリアはしゃがみ込みそっとニニを抱き上げた。

ニニは高齢の猫だ。元野良猫のため、正確な年齢はわからないけれど、最低でも十二歳以上になるはずだった。

ニニに負担をかけないよう注意しながら、膝（ひざ）の上へと静かに乗せてやる。

ぐんにゃりと温かな感触に、コーデリアは小さく唇をほころばせた。

(柔らかいわ。……仔（こ）獅子の姿の殿下とも、少し抱き心地が違うのよね)

獅子の聖獣の先祖帰りであるレオンハルトはたてがみの立派な姿だけでなく、小さな仔獅子の姿にも、自由に変化できるのだ。

仔獅子に化けた時は、一見猫のような外見だが……。

本物の猫と比べると耳が丸く、手足が太く、骨格がしっかりとしたやや硬めの撫（な）で心地だった。

「ぐるるるるるる」

ニニの背中を撫でてやると、喉（のど）を鳴らし甘え始めた。

もっと撫でて、と。

ふわふわの頭を押し付けてくる。

くすぐったくてあたたかくて、飼い主冥利（みょうり）に尽きる姿だった。

(ふふ、こうしてニニと一緒に暮らせる日がまたくるなんて、一年前の私に言っても、信じてくれないでしょうね)

ニニは幼い頃、コーデリアが拾った猫だ。

愛情を注ぎ、可愛(かわい)がり……結果として、妹のプリシラに目を付けられてしまった。

コーデリアは必死に抵抗したが、両親に無理やり、ニニを奪われてしまったのだ。

そうしてニニを手に入れたプリシラだったが、彼女は飽き性だった。一月も経(た)つ頃には興味を失い、餌(えさ)を満足にやることもなく放置だ。

すっかり痩(や)せ細ったニニの姿を、コーデリアは決して忘れたことは無かった。

プリシラの魔の手が及ばないよう、祖母の知り合いにニニを預けるのが、当時の無力なコーデリアの精一杯だったのだ。

（幸いニニは、新しい飼い主にも馴染(なじ)んで、可愛がられていたけれど……）

その飼い主も、祖母の知り合いだけあって高齢だ。つい先日体調を崩し、寝込みがちになってしまっている。ニニの世話も難しくなったため、コーデリアが引き取ることになったのだ。

（少し悩んだけど、ニニは私を覚えていてくれていて、もうプリシラに奪われる心配も無かったものね）

プリシラと、そして母親について、コーデリアはまだ複雑な思いを抱えていたけれど……。

それでも、ずっとプリシラを中心に回っていた伯爵家が大きく変わったのは、まぎれも無い事実だった。

「にー」

ニニが子猫のような甘い声で鳴き、前足でコーデリアの膝を押している。

綺麗(きれい)な水色の瞳がうっとりと細められ、コーデリアに全身で甘えていた。

（可愛い……。でも、こうしてまったりニニを可愛がれるのも、きっとあと少しなのよね）

コーデリアは足の怪我もあり、ここのところ屋敷にいることが多かった。

何度か王宮に足を運んだし、屋敷でもそれなりに働いていたが、概ね穏やかな毎日だ。

レオンハルトの正式な婚約者になれば忙しく、今のようにゆったりとニニと触れ合う時間も無くなりそうだった。

（私が失態を犯せば、殿下にも迷惑をかけてしまうわ。しっかりと、隙を見せないようにしないとね）

コーデリアが決意も新たにしていると、

「コーデリアお嬢様、来客がいらっしゃったようです」

ハンナが部屋の外から声をかけてきた。

「……どなたかしら？　今日は誰も、来客の予定は無かったはずよね」

「フェミナ殿下です」

「フェミナ殿下……？」

予想外の名前に、コーデリアはオウム返しにしてしまった。

フェミナはレオンハルトの異母妹、すなわち王族の姫君だ。

（……なぜ、フェミナ殿下がいきなりこの伯爵家の屋敷に？）

コーデリアは首を捻った。

先触れの無い訪問は非礼に当たるが、王族とあっては安易に断ることもできなかった。

「ニニ、ごめんね。撫でるのはまた後でね」

ニニを膝の上から下ろすと、コーデリアは玄関へ向かうことにした。

「……みゃう……」

「うにゃうにゃ……」

切なげなニニの鳴き声に後ろ髪を引かれながらも、ハンナと共に歩いていく。

フェミナ殿下はどんなお方なのだろうか、と。

コーデリアは思いを巡らせていく。

十歳の彼女と、間近で顔を合わせるのは初めてだ。

レオンハルトとの兄妹仲は良いらしいが……。

彼から直接、フェミナについて聞いたことは数えるほどしかない。

つい先日まで、コーデリアが妹との関係に悩まされていたこともあり、レオンハルトが気を使ってか、兄弟姉妹の話題を出そうとしなかったからだ。

(殿下と仲が良いのなら、悪い方では無いと思うのだけど……)

ならばどうして、先ぶれも無く訪問してきたのかがわからなかった。

非礼を押してまで訪問せざるを得ないほどの、緊急の用件なのだろうか？

少し不安になったが、表情には極力出さないようにする。

ハンナが扉を開ければ、そこはもう玄関ホールだ。

王族を出迎えるに相応しい、上等なドレスを着ていて良かったと思いつつ。コーデリアは薔薇色のドレスの裾を掴み、頭を下げフェミナへと礼をした。

「ふーん、あなたがコーデリアね？」

「はい。お初にお目にかかります、コーデリア・グーエンバーグです。このたびは、フェミナ殿下にお会いできてとても光栄です」

コーデリアは顔を上げると、失礼にならない程度にフェミナを観察した。

(可愛らしいお方ね)

淡い金の髪は柔らかで、瞳は明るい水色。

小づくりな鼻は形良く高貴さを感じさせるが、頬は子供らしく丸みを帯びている。

ふんだんにリボンとレースの使われたドレスの良く似合う、愛らしくも美しい姫君だった。

「フェミナ殿下、本日はどのようなご用件で、こちらにいらっしゃったのでしょうか？」

「ふふ、聞いて驚きなさい！」

胸を反らすようにしたフェミナだったが、

「私が来たのは……猫？」

その視線はコーデリアを素通りし、背後へと惹き寄せられていた。

コーデリアが後ろに視線をやると、先ほどくぐってきた扉の足元に、ニニが座っているのが見えた。

どうも、コーデリアを追いかけやってきたようだ。

ふわふわとした尾を揺らすニニに、フェミナは釘付けになっている。

「フェミナ殿下は猫がお好きなのですか？　良かったら少し撫でてみます？」

「え、いいの？　嬉し……じゃなくて!!　違うわ!!　私は猫を撫でるために来たんじゃないわ!!」

ぱあっとフェミナの表情が輝き、続いて眉（まゆ）が寄せられる。

表情の変化の大きい、まだまだ幼い方のようだとコーデリアが思っていると、フェミナがびしりとこちらを指さした。

「私はいびりにやってきたのよ!!」

「……私のことを？」

「もちろん!!　あなたに決まっているじゃない!!　あなたがレオンハルトお兄様の婚約者の座を諦（あきら）めるまで、いびっていびっていびりまくるわ!!」

鼻を鳴らしたフェミナの言葉に、コーデリアは目を瞬かせた。

今まで様々な相手に、嫌がらせを受けたことはあったけれど。

面と向かって堂々と、いびり宣言をされたのは初めてな気がした。

「……もしや先触れもない訪問も、いびりの一環なのでしょうか？」

「そうよその通りよ!!　こうして指さすのも失礼で、とても立派ないびりでしょう!?」

「立派ないびりかどうかはわかりませんが、無暗（むやみ）に姫君らしくない失礼な振る舞いを繰り返しては、フェミナ殿下の評判が下がるのでおやめください」

「なっ……。それもそうね!!　気をつけるわ!!」

フェミナがフンっと顔をそらした。

（素直と言うべきか、ズレていると言うべきなのかしら……？）

どちらにしろフェミナは他人へのいびり、嫌がらせの類はあまり得意では無さそうだ。

「あなたが、レオンハルトお兄様の婚約者になるのを諦めればそれでいいのよ。お兄様は私のお兄様なんだもの」

「……フェミナ殿下は、レオンハルト殿下のことが大好きなんですね」

「えぇそうよ!!　レオンハルトお兄様は渡さないわ!!」

フェミナの大きな水色の瞳が、きっとコーデリアを睨みつける。

(私に、殿下を取られると思い込んでいるのね)

ある意味微笑ましい行動だ。

コーデリアはふっと唇を緩めた。プリシラとの姉妹仲がこじれていたコーデリアと違い、レオンハルトは妹に、ずいぶんと慕われているようだ。

「……フェミナ殿下のお気持ち、少しわかるかもしれません」

「えっ?　いきなり何よ?」

「レオンハルト殿下は優しく立派なお方でしょう?　フェミナ殿下にとっても、自慢のお兄様なんだと思います」

レオンハルトを褒めると、フェミナが嬉しそうにした。

……ここで、「お兄様について知った風な口を聞かないで」などと言い出さないあたり、やはり悪い子では無さそうだ。

「当たり前よ。レオンハルトお兄様は私が新しい詩を覚えたら一緒に喜んで、頭を撫でてくれるわ」

「いいですね。とても羨ましいです」

「ふふふ、そうでしょそうでしょう？　レオンハルトお兄様、私にはいつも優しくしてくれるもの!!」

「それだけ、フェミナ殿下のことが大切なんでしょうね。……他にどんなレオンハルト殿下との素敵な思い出があったのか、私に教えてもらえませんか？」

「お兄様との思い出？　それだったらやっぱり――」

身振り手振りを交えながら、フェミナが生き生きと語りだした。

コーデリアは相槌を打ちながら、それとなく応接間へとフェミナを誘導していく。布張りの椅子に腰かけ、フェミナの聞き役に徹していると、あっという間に時間が過ぎていった。

「――レオンハルト殿下のお話をお聞かせいただき、ありがとうございます。ですが、既に陽が傾いてきていますし、また今度、続きを聞かせていただけますか？」

「もう、仕方ないわね。また来るから待っていなさいよ？」

しゃべり疲れたのか、フェミナの声は少しかすれていた。たっぷりとレオンハルトを自慢でき満足できたのか、上機嫌で踵を返し帰ろうとして、

「ってちょっと待ちなさいよ!!　なんでそうなるの!?　私、あなたをいびりに来たのよ!?」

フェミナが叫び、コーデリアへと詰め寄ってくる。

(このままお帰りになってくれたらよかったのだけど……。そこまで簡単にはいかないわよね)

フェミナがこの屋敷にやってきたのは、コーデリアをいびるため……らしい。

いわば、喧嘩を売られたようなもの。

だがコーデリアとしては、フェミナと険悪になりたくはなかった。

理由はフェミナが、本気でコーデリアを憎んでいるようには見えなかったからだ。だからこそフェミナをおだて話をそらすことで、うやむやにしようとしていた。

途中までは目論見通りだったが、さすがに誤魔化しきれないようだ。

「私はいびりに来たって、あなたも聞いてたわよね⁉」

「はい。お聞きしました」

「ならどうして、私を和やかに迎え入れたのよ⁉」

「フェミナ殿下が、私にとって大切なお方だからです」

「……どういうこと？　私が王族だから、媚を売ってるつもりなの？」

「レオンハルト殿下の妹君だからです。レオンハルト殿下が慈しんでおられるフェミナ殿下は、私にとっても大切なお方になります」

王侯貴族は兄弟姉妹と不仲か、疎遠になることが珍しくなかった。

だからこそ王族であり異母兄妹でありながら、仲の良いレオンハルトとフェミナの関係は貴重だ。

コーデリアは自分が原因で、二人の関係を壊したくなかった。

「何よ、それ……。あなた、同腹の妹と喧嘩したんでしょう？　なのにどうして今更、他人の兄弟関係に気を使うのよ？」

「私の姉妹関係が上手くいかなかったからこそ、です。私と妹のようにこじれた関係に、フェミナ殿下たちにはなっていただきたくありません。慕うことのできる肉親の存在は、得難いものだと思いますから」

「……そう。あなたも大変だったのね」

フェミナが顔を俯ける。

彼女にはレオンハルト以外に、何人もの異母兄弟がいるが……。そちらとは王族の常として、あまり仲はよろしく無いようだった。

フェミナも幼いなりに人間関係で悩み、苦労してきたに違いない。

「……今日のところは帰ってあげるわ。せいぜい感謝しなさい」

しんみりと告げるフェミナに、これ以上居座る気は無くなったようだ。

言い捨てると、そそくさと出ていってしまった。

（……とりあえず、今日のところはどうにかなったようだけど）

フェミナはまだ、嫌がらせを諦めていないようだ。

兄を取られまいと嫉妬する十歳の妹の姿は、微笑ましいものだと思うけど。

が、同時に、彼女は自国の王女でもあるのだ。

コーデリアとしても、ただ放っておくことはできなかった。

一度レオンハルトと顔を合わせ相談したいが、立太子を控えた彼は忙しくしている。いたずらに、その手を煩わせたくは無かった。

……どう動けば、できるだけ彼に負担をかけずフェミナの件を解決できるだろうか？

コーデリアは自室の長椅子に座り、ニニを撫でながら考え込んだ。

「にゃっ!!」

「ニニ？」

膝の上から、ニニが弾かれたように飛び降りた。

勢いよく、庭に面した窓へと走り寄っていく。

ニニの白い尻尾は逆立ち、普段の倍以上に膨らんでいた。

(どうしたのかしら……？)

ニニは穏やかな性格の猫だ。こうも警戒心をあらわにするのは珍しかった。

コーデリアが慎重に、窓の向こうの庭を観察していると、

「……殿下？」

金色の仔獅子、レオンハルトが姿を現した。

肉球でぽふぽふと、軽く窓枠をノックしている。

コーデリアは立ち上がり、慌てて窓へと駆け寄った。

「今開けます。どうぞこちらへ」

「ぎゃうっ!!」

仔獅子が勢いよく飛び込んでくる。

コーデリアのドレスに体をすり寄せると、その全身が淡く光った。

光が収まるとそこには、レオンハルトの長身が立っている。

「殿下、いらっしゃいませ。今日は政務があられたはずで――わっ!?」

コーデリアの体が、強い力で引き寄せられた。

気づけばしっかりと、レオンハルトに抱きしめられている。

胸板に顔が当たり、つむじに吐息がかかった。伝わってくるレオンハルトの体温と感触に、コーデリアは手足をばたつかせてしまった。

「で、殿下っ!?　いきなりどうされたのですか!?」

「……もう少しだけ、このままでいさせてくれ」

「ですが……」

「十日以上、君に会えなかったんだ」

低くかすれた声が、コーデリアの耳をくすぐった。

声が吐息が、触れた箇所が熱くなっていく。

コーデリアは頬を赤らめ、間近にあるレオンハルトの顔を見上げた。

「……私も、殿下にとてもお会いしたかったです」

「コーデリア……」

背中に回された腕の力が強くなった。

力強く優しく、コーデリアを腕の中に閉じ込めている。

レオンハルトの翡翠の瞳は蕩け、だが同時に、獰猛な光を宿しているようだ。

「嬉しいことを言ってくれるな……。このままだと、我慢できなくなりそうだ」

「殿下……」

何を、我慢できなくなるのだろうか？

疑問と熱に、くらりくらりと頭が回った。

コーデリアの姿を映し込んだレオンハルトの瞳が、すいと細められていき——

「ふぎゃうっ!!」

ニニの鳴き声に、コーデリアは我に返った。

毛を逆立てたニニが、レオンハルトを睨みつけている。

コーデリアがレオンハルトに拘束され、襲われているように見えたのかもしれない。

「……驚かせてしまったみたいだな」

苦笑する気配と共に、レオンハルトの体が離れた。

安堵し、どこか寂しく思いつつも。

コーデリアはニニへとしゃがみ込んだ。

「ニニ、大丈夫よ。殿下は悪いお方じゃないわ」

「みゃうみゃうみゃ……」

飼い主であるコーデリアの声に、ニニも少し落ち着いたようだ。

鳴き声は収まったが、それでも完全には警戒心を解かず、レオンハルトの動きをうかがっている。

どうしたのだろうか？

ニニは基本、人懐っこい性格をした猫だ。過去のプリシラの仕打ちが原因で、プリシラや彼女に似た人間は苦手だが、それ以外の相手を拒絶することはなかった。

レオンハルトに、何か気になることでもあるのだろうか、と。

コーデリアはそっと、レオンハルトの姿を観察した。

深い青色のジュストコールを着こなし、すらりと姿勢よく立っている。まばゆい金の髪にすっと通った鼻筋。形の良い眉に、凛々しくも優美な輪郭線を備えている。

見ていると切れ長の翠の瞳と目が合い、優しく微笑まれてしまった。

(殿下は、今日も変わりなく美しいわ……)

思わず見とれかけ、コーデリアは視線を引き剥がした。

誰か一人の顔をまじまじと見るなんて、今までは無かったことだ。

鼓動を落ち着かせていると、レオンハルトがニニを見やった。

「すまない。その猫の態度は、完全に俺のせいだ」

レオンハルトが苦笑をこぼした。

「猫や犬というのは、人間よりずっと敏感なところがあるだろう？」

「……もしかして、殿下を怖がっているのですか？」

「たまに、こういうことがあるんだ。蛇の先祖返りのヘイルートほどでは無いが、俺も犬猫には、過剰に反応されることがある」

言われてみれば納得かもしれない。

この大陸には獣人も暮らしているが、彼らは獣の耳や尾を兼ね備えた人間、といった外見をしている。レオンハルトのように人と獣の二つの姿へと、自由に変化できる種族はいないのだ。

ニニからしたらレオンハルトは未知の存在で、警戒対象のようだった。

「ニニに会うのは初めてだが、聞いていた通り、真っ白で愛らしい姿をしているな」

ニニを安心させるように、レオンハルトが柔らかい笑みを浮かべ、コーデリアの心臓が騒いだ。

凛々しい翠の瞳が優しく細められるのを見るのが、コーデリアはとても好きだった。

「それにニニは愛らしいだけではなく、君によく懐いているみたいだ。俺を怖がりつつも、主人である君を守ろうと、前に立ちふさがったんだからな」

「ありがとうございます。……ニニはいい子ね」

「うにゃ」

ニニの背中をコーデリアが撫でると、ぱたりと尻尾の先端が揺らされた。

柔らかな毛が、指の間をかすめくすぐったい。

コーデリアがニニを褒め、背中を撫でてやっていると、

「……羨ましいな」

「殿下？」

レオンハルトが、隣に膝をつき座っていた。

ニニの撫で心地を堪能（たんのう）するコーデリアが、羨ましいのかもしれない。

「殿下もニニを撫でたいのですか？」

「いや、違うよ。ニニが羨ましいんだ」

「えっ？」

「ニニは今、君に触れられて、君の優しい笑顔と思いを独占してるんだ。……嫉妬してしまうだろう？」

囁きが、耳の近くへと落とされる。

レオンハルトは長身だ。

普段はコーデリアが見上げているが、今は特別、顔と顔が近くなっている。

その事実に気づいたコーデリアは、慌ててニニを撫でる手に意識を集中させていく。

「……ニニは猫ですから」

「俺が仔獅子の姿になれば、ニニのように触れてくれるかい？」

ニニを撫でるのと反対の手が、レオンハルトにすくい上げられる。

猫でも仔獅子でもない人間の指が、そっとコーデリアの手を握った。

長く滑らかな指の感触に心臓の鼓動が、ますます速くなってしまう。

「仔獅子になっても、殿下は殿下です。ニニのように撫で回すなんて、恐れ多くてできません」

「俺がして欲しいと言っても？」

「……その場合は精一杯、努力したいと思います」

コーデリアはかすれた声で答えた。

距離が近くて、手に触れられていて、恥ずかしいやらなにやらわからなくなってくる。

「ふふ、君らしい、真面目で可愛らしい答えだな」

「……もう勘弁してください」

コーデリアはもう、色々と限界だった。

（静まって、私の心臓と動揺……）

制御できない鼓動に、コーデリアは戸惑ってしまっていた。

今までコーデリアは、四度の婚約破棄を経験している。

つまり四人の男性と婚約関係になり、それなりの付き合いをしてきたのだが、今ほど心乱されたことはなかった。

レオンハルトに出会って、コーデリアの世界は大きく変わっている。

こんな熱く甘い、あふれるような思いがあるなんて、彼に出会うまでは知らなかった。

早鐘を打つ鼓動を感じていると、レオンハルトの体温が遠ざかっていく。

「そうだな。今日はあまり時間もないし、これくらいにしておこうか」

「……助かります」

先に立ち上がったレオンハルトが、手を差し伸べてくる。

コーデリアは手を引かれ立つと、素早くドレスの裾を直した。レオンハルトが贈ってくれたドレスが、皺（しわ）になってしまったら大変だった。

「殿下は今日、政務があられると聞いていましたが、お時間大丈夫でしょうか？」

「一つめの案件が予定より早く終わったおかげで、時間が作れたんだ。ここに来たら君に会えるかも、と、仔獅子の姿でやってきたんだが……。途中でフェミナの馬車を見かけた。今日フェミナが王宮の外に出る予定は無かったはずだが、もしやここに来ていたのかい？」

フェミナの名前を出され、コーデリアは考えを巡らせた。

（私とフェミナ殿下の関わりについて、誤魔化すのは難しそうね……）

レオンハルトに心配をかけたくはなかったけど。

こうなっては隠すことは無理そうだった。

「はい。殿下の婚約者になった私の顔を、見にいらしたようでした」

「そうか。……フェミナの訪問は突然だっただろう？　兄として、王族として謝罪するよ。フェミナは何か、君に迷惑をかけなかったかい？」

「焼きもちを焼かれてしまいました」

「……焼きもち？」

レオンハルトにはどうやら、思い当たる節が無いようだった。

「フェミナ殿下は、殿下を慕っていらっしゃるのでしょう？」

「母親は違うが、フェミナのことは大切な妹だと思っているよ」

「フェミナ殿下にとっても、殿下は大切な兄君なんです。そんな殿下を私に取られるように感じて、焼きもちを焼いていらっしゃるようです」

「……そうだったのか。ここのところ、フェミナと過ごす時間が無くて、寂しい思いをさせていたのかもしれないな……」

「お忙しかったですものね。それに私も……」

コーデリアは言いよどんでしまった。

言葉の先を口にすると恥ずかしいと、直前で気がついたからだ。

「それに私も？」

「……忘れてください」

「気になるな。もしや何か、フェミナに暴言でも吐かれたのかい？　だったら――」

「ち、違います!!」

コーデリアは慌てて否定した。

「違うんですが、ただ、そのですね……」

言いづらいが、レオンハルトを誤解させるわけにもいかない。

恥ずかしさを押し殺し、コーデリアはどうにか言葉を続けた。

「……それに私も、もし、殿下のような素敵で優しいお方が自分の兄君だったら……。殿下にずっと自分のそばにいて欲しいと、そう願うフェミナ殿下のお気持ちがよくわかるのです」

「…………」

レオンハルトは無言だ。

小さく笑い、細く長く息を吐き出している。

胸の内にくすぶる何かを、強引に吹き消すようなため息だった。

「はは、残念だよ。こんなに君が可愛いのに、今日はもう、帰らなければいけないなんて……。ずっと君と一緒にいられる、ニニが本当に羨ましいよ」

「殿下……」

コーデリアの右手を、レオンハルトがそっと持ち上げた。

硝子(ガラス)細工を捧(ささ)げ持つように、優しく指へと触れている。

「フェミナについては、こちらで注意しておくよ。また君に手紙を寄越すから、詳しくはそっちで相談することにして、今日のところはお暇(いとま)させてもらおう」

別れの挨拶(あいさつ)と合わせて。

コーデリアの手の甲へと、口づけが一つ落とされた。

「殿下……」

レオンハルトが去っていった後も、コーデリアは固まったままだ。

彼の唇が触れた右手が、熱くて甘くてたまらなくなってしまう。

「心臓に悪いお方ね……」

コーデリアは一人赤い顔で、右手を見ていたのだった。

レオンハルトがコーデリアを残し、屋敷を出てしばらく経った頃。

「みゃみゃう……」

切なげな声が、仔獅子の喉から漏れ出した。

ともすれば足が止まり、コーデリアの元へ引き返しそうになってしまう。

（コーデリア……）

十日ぶりに会った彼女は、とても可愛らしかった。

礼儀正しく浮かべられた微笑みに時折、柔らかな色がのぞくコーデリア。

彼女に会うとレオンハルトは、清冽（せいれつ）な冬の朝に咲く、花の香りを嗅（か）いだような気持ちになる。

ほころぶ唇は赤く、色づく頬は林檎（りんご）のようで、レオンハルトを釘付けにしてやまなかった。

が、今日は、二人きりではなくニニがいたのだ。

ニニを見るコーデリアの横顔が優しくて。

嫉妬と愛（いと）おしさが、とめどなく湧（わ）き上がり止まらなかったのだ。

（……でも、まだ駄目だ）

コーデリアのことを思えばこそ、今は先にやるべきことが山積みだ。

立太子をつつがなく終えるための準備や、コーデリアを正式な婚約者とするための根回し、領地の管理に配下の人間のとりまとめ……。

ただでさえ、レオンハルトは多忙を極めていた。

そこへフェミナとコーデリアの件まで加わってしまった。

大事にならないうちに、レオンハルトは兄として一度フェミナと話をする必要がある。

「ぎゃぎゃうっ！」

気合を入れるように、仔獅子の姿で一鳴きする。

もう間もなく、フェミナも住まう王宮が見えてくるはずだ。

白亜の王宮はぐるりと、錬鉄製の柵に囲まれている。あちらこちらに衛兵が立ち、幾重にも警備が敷かれているのが見て取れた。

厳重な守りだがそれは、人間に対する布陣でしかないのだ。

仔獅子の大きさは猫とほぼ同じ、いくらでも入り込む隙間があった。

よいしょよいしょ、と。

柵の間に体を突っ込み、するりと王宮内へと帰還する。

出てきた時も、仔獅子の姿で衛兵の目をかいくぐっている。ならば帰りも、こっそり入って問題ないはずだった。

コーデリアに会うために、王宮を抜け出すのも慣れたものだ。

巡回する衛兵の目を避け、王宮庭園の片隅で人の姿へと戻る。

何食わぬ顔でレオンハルトは、二本の足で歩きだした。

フェミナもそろそろ王宮に帰っているはずだと、当たりをつけて探していく。

ライオルベルンの王宮は、いくつかの区域に分けられていた。区域ごとに入れる身分が制限されて、果たす役割が違っているのだ。官僚が集い政務を行う外宮。謁見の間のある大広間。そして王族の寝起きする内宮など、数十の建物と数百の部屋が構えられているのだ。

精緻な彫刻で飾られた建物を、石の敷き詰められた道が繋いでいる。

石畳を踏みしめ、レオンハルトは速足で内宮へと向かった。

内宮は王族の生活の場であり、もっとも奥まった場所に位置している。

国王の暮らす建物を中心に、第一王妃、第二王妃、第三王妃、と。それぞれの王妃と子供たちが、別々の建物で日々を過ごしているのだ。

「おや……」

フェミナの母、第三王妃の住まう棟が見えてきたところで、レオンハルトは足を速めた。

探していたフェミナがいる。どこか寄り道をしたのか、ちょうど馬車を降りるところだ。

レオンハルトが近づき声をかけると、

「お兄様っ⁉」

フェミナが目をみはった。

驚き喜びながら、ドレスの裾を掴み駆け寄ってきた。

「お久しぶりですお兄様っ‼　嬉しい‼　今日のお仕事は終わったの？」

そわそわと、フェミナが頭を近づけてくる。

撫でて欲しいようだ。

しかしレオンハルトは手を伸ばさず、フェミナは目を瞬かせた。

「お兄様？」

「俺もフェミナに会えて嬉しいよ。……だが今まで、何をしていたんだ？」

「……っ‼」

一転、フェミナが表情を曇（くも）らせ俯く。

地面へと視線を落とし、レオンハルトを見ないようにしている。

「……コーデリアの屋敷に……嫌がらせをしに行っていました」

「それが悪いことだと、フェミナもわかっているんだな？」

レオンハルトの声は静かだが、言い逃れを許さない響きがあった。

フェミナはびくりと肩を震わせ、しかし黙り込んだままだ。

身長差があるため、俯いた表情はレオンハルトの目に映らなかった。

「ここ最近俺は忙しくて、寂しがらせたのは悪いと思っている。だがその不満を、コーデリアにぶつけるのは間違っていると、フェミナもそう理解できるだろう？」

「っ……!!」

フェミナは明るい性格だ。

少なくともレオンハルトが知る限り、無暗に他人に当たり散らす少女ではなかった。

レオンハルトはしゃがみ込み、そっとフェミナの顔をのぞき込んだ。

「悪いことをしたら、きちんと謝るべきだ。それもわかるよな？」

「でもっ……!!」

頑なに、フェミナは頷こうとしなかった。

レオンハルトがコーデリアと婚約を結ぶことをまだ、受け入れられないのかもしれない。

フェミナはまだ十歳。兄であるレオンハルトに、甘えたい年頃だった。

ただ道理を言って聞かせても、心がついていかないようだ。

「……すぐには納得できないかもしれないが、コーデリアへの嫌がらせはやめるんだ。父上とフェミナの母上にも、フェミナが勝手にコーデリアの元へ向かわないよう注意させ――」

「駄目ッ!!」

悲鳴が上がった。

勢いよく、フェミナの顔が跳ね上がる。

「嫌よっ!! お母様を巻き込まないで!! 私は、私がっ!! コーデリアをいびるって決めたのよ!!」

一息で言い切ると、フェミナは逃げるように走り去っていく。

レオンハルトから表情を隠すように、一度も振り返ることはなかった。

「フェミナ……」

追いつくのはたやすいが、レオンハルトはしばし考え込んだ。

小さくなるフェミナの背中を、目を細め見つめたのだった。

それはコーデリアがフェミナと出会って、二十日ほど経った日のことだ。
「コーデリア様、今お時間よろしいでしょうか?」
「えぇ、入ってちょうだい」
自室で書類に目を通していたコーデリアが答えると、侍女のハンナが礼をして入室してきた。

手にはピンクと白の化粧紙で包装された、綺麗な箱を抱えている。

「贈り物とお手紙が届いています」

「どなたからかしら？」

そう問い返しつつも、コーデリアにはうっすらと贈り主の予想がついていた。

「差出人は、レオンハルト殿下となっています」

「そう……」

予想的中だ。

愛しい婚約者からの贈り物に、しかしコーデリアの顔は晴れなかった。

『手紙を見せてもらえるかしら？　箱の方はとりあえず、そこの机に置いておいてちょうだい」

「承知いたしました」

手渡されたのはこれまた淡いピンク色の、可愛らしい封筒だ。コーデリアが文面に目を通していると、がさりと音が響いた。

発生源は机の上、箱の中からのようだ。

「コーデリア様、これはもしや今回も……？」

『……たぶん、そうだと思うわ」

コーデリアはため息をつくと、箱を抱え立ち上がった。

庭に面した掃き出し窓を開け、箱の上面を庭へ向け、そっと蓋(ふた)に手をかける。

広がっていく蓋の隙間から――

「げろっ？」

小さな緑色の影が飛び出してきた。

窓から庭の芝生へと降り立ち、ぴょこぴょこと跳ね回っている。

「今日はカエルね」

一匹、二匹、三匹――。

何匹ものカエルが、箱から次々と出てきた。蓋の隙間から差し込んだ光に、動きが活発になったのかもしれない。

箱を逆さまにすると、ひらりと紙片が舞い落ちる。

「失礼いたします」

ハンナが手を伸ばし、庭へと落ちかけた紙片を素早く回収した。

「なんて書かれているの？」

「『あなたにぴったりの贈り物よ。どう驚いたかしら？』……だそうです」

嫌がらせのための贈り物だ。

差出人は当然、レオンハルトではありえなかった。

（……犯人も色々と、詰めが甘いのよね）

コーデリアは窓の外を眺めた。

緑色のカエルたちが、自由を満喫するように跳ね回っている。

箱に入っていただけのカエルたちに罪はない。

そう思い見ていると、庭の外れ、境界である生け垣の向こうが騒がしくなる。

「きゃあぁっ!? なんでカエルがこっちに来るのよ!? 嫌よ来ないでっ!! いやぁぁぁ――っ!!」

生け垣の隙間から、金の髪が躍るのが見えたのだった。

◇◇◇◇◇◇◇◇◇◇◇◇◇◇◇◇◇

「うっ、ひっく、なんでどうしてっ、こっちに向かってくるのよぉ……」

生け垣の陰では案の定、フェミナが涙目になっていた。

近くをカエルが跳ねるたび、小さく悲鳴を上げお付きの侍女にしがみついている。

よっぽどカエルが苦手なのか、コーデリアの接近にも気づかないようだ。

「ほら、あっちへ行きなさい。ここにいても何もいいことはないわ」

「けろろっ!!」

鳴き声を上げながら、カエルが草むらへと消えていく。

コーデリアはカエルを遠ざけると、背を屈(かが)めフェミナと視線を合わせた。

「フェミナ殿下、落ち着いてください。もうカエルはいなくなりました」

「本当っ!?」

フェミナは恐る恐る周りを見回すと、ようやく安心したようだ。

「よかった……。ありが、っ!!」

フェミナが息を詰まらせた。

緩んだ顔を引き締め、コーデリアを睨みつけてくる。

「なんであなたが私を助けるのよっ⁉」

「カエルを怖がられていたからです」

「し、失礼ねっ‼　怖がってなんかないわよ‼」

フェミナが噛みつくが、涙目ではまるで説得力が無かった。

本人もそれがよくわかっているのか、顔が赤くなっていく。

「あぁもうどうしてそうなるのっ⁉　むしろあなたが怖がりなさいよ少しは驚きなさいよ‼　いきなり箱から、いっぱいカエルが飛び出してきたのよ⁉」

「開ける前から、予想はついておりましたので……」

コーデリアは苦笑を浮かべた。

がさりと音がしていたし、そもそもの話、箱の見た目からして怪しかったのだ。

ピンクと白の包装紙は、少し可愛らしすぎだった。

コーデリアは青や臙脂色といった、深い色合いの方が好みだ。レオンハルトもそれは知っていたし、彼からの本物の贈り物はいつも、落ち着いた色合いでまとめられている。

今日届けられた箱はフェミナのような、まだ幼い少女が喜びそうな包装だったのだ。

疑って手紙を見れば、レオンハルトの筆跡に似せてはいたが、別物だとはっきり確信できた。

箱の中身がカエルだったのはきっと、それだけフェミナがカエルを嫌いだからだ。

自分が贈られたら嫌なものを、自分が好ましいと思う包装を施し送り付ける。

フェミナ自ら、嫌がらせの準備をしたに違いない。

同じようなやり方で既に数度、コーデリアは嫌がらせを受けていた。

（……もっとも今日の贈り物が、レオンハルト殿下からじゃないとわかった一番の理由は、別にあるわけだけど……）

自室を一瞥（いちべつ）すると、コーデリアはフェミナへと視線を戻した。

『フェミナ殿下、あいにくですが私は、カエルは怖くありません。嫌がらせをするにせよ、生き物を使って、命を粗末に扱うのはおやめください』

「……どうしてあなたに、そんなこと説教されないといけないのよ」

「大事にしたくないからです」

「……っ……」

フェミナが黙り込む。

他愛（たわい）もないイタズラとも言える、ちょっとした嫌がらせだが、彼女は兄王子であるレオンハルトの名前を騙（かた）り贈り物をしているのだ。

騒ぎが大きくなればどうなるか、フェミナにも理解できているに違いない。

自分がやっているのが悪いことであるという自覚も、一応あるように見える。

ならば嫌がらせなどやめて欲しいが、そう上手くもいかないようだ。

「あなた以外に、こんなことしないわよ」

顔をそらしながら、フェミナがぽつりと呟いた。

小さな拳が、強く握り込まれている。

「お兄様との婚約を、さっさと解消しなさいよ。そうすれば私だって、嫌がらせをやめてあげるわ」

「それはできません」

コーデリアはきっぱりと断った。

フェミナの思い、抱える感情。

いくらか想像がついたし、理解することもできるけれど。

だからと言って、彼女の要求を受け入れることはできなかった。

「っ……!!」

唇を噛み、涙をこらえるフェミナに、コーデリアは微笑みかけた。

「フェミナ殿下、泣かないでください。ニニもきっと、そう言っていますわ」

「……ニニ……」

するり、と。

フェミナの足元に、ニニが体をすり寄せている。

ニニは優しい。なにやら落ち込むフェミナのことを、心配して近寄ってきたようだ。

「にゃう？」

「………」

無言でニニを撫でるうちに、フェミナの涙が引っ込んでいく。

子供らしく、気持ちの浮き沈みが早いようだった。

「フェミナ殿下、よかったらこちらの屋敷で、お茶をしていかれませんか？　そちらの方が、ニニたちも喜ぶと思います」

「……仕方ないわね」

コーデリアから視線を外しながらも、フェミナはしっかりと頷いた。

「あなたの家に、嫌がらせの準備のためにお邪魔してあげるわ」

ニニたちを可愛がるためなんかじゃないからね、と。

言い訳をするように呟いて、ニニを抱え屋敷へと向かっていくフェミナ。

コーデリアはフェミナの言葉に、レオンハルトと交わした会話を思い出した。

『殿下は本当にそれでよろしいのですか？』

――レオンハルトから、その話を聞かされた時。

コーデリアは確認せずにはいられなかった。

彼から提案された話とはいえ、どうしても気になるのだ。

『あぁ、問題ないよ』

そう言うレオンハルトに、強がりや無理をした様子は見受けられなかった。

『できたらこういうことは、君に対してだけにしたかったが、フェミナが相手なら大丈夫だ。……俺は大丈夫だが、君は気になるのか？』

レオンハルトが、少し眉を下げ笑った。

困ったような、でもどこか嬉しそうな表情に、コーデリアは慌てて頭を横へ振ったのを覚えている。

『殿下がよろしいのでしたら、私も大丈夫です。だって――――』

「ちょっとあなた、ぼんやりしてどうしたのよ？」

「……いえ、なんでもありません」

コーデリアははっとした。

目の前の光景につい、レオンハルトと交わした会話を思い出してしまっていた。

一度瞬きをし、意識の焦点を現在へと戻す。

フェミナを屋敷に入れ、ニニたちを可愛がっていたところだ。

「フェミナ殿下、ニニの撫で心地はいかがでしょうか？」

「……悪くないわ」

つんと澄ましつつも、フェミナはニニを撫でる手が止まらなかった。

頬は緩み、夢中になっているようだ。

そんな彼女の姿にコーデリアも表情を緩めつつ、ニニの可愛らしさや、いかに自分がニニたちを可愛がっているか、やや大げさとも言える口調で語りかけていく。

フェミナも猫が好きらしく話が弾み、その日はそれ以上嫌がらせの話が出ることも無く、時間が過ぎていったのだった。

2章　「娘と母親と」

「コーデリア様、またいつもの贈り物が届いたようです」

「わかったわ。いつも通り、庭で開けてしまいましょうか」

ハンナが持ってきた箱は、今日もがさごそと元気に蠢いている。

コーデリアは頷くと、ハンナとともに庭へと向かった。

二人とも慣れたもので、特に顔色を変えることもなく、淡々と箱の中身を開けていく。

「今日は蛇ね」

逆さまにされた箱から、小さな蛇が逃げ出していく。

春先によく見かける、毒を持たない種類だ。蛇は冬眠明けのように戸惑っていたが、すぐに体をくねらせ草むらへと消えていった。

カエルにカタツムリ、毛虫。それに蛇。

嫌がらせとして届けられたのは、フェミナが苦手とする生き物のようだ。コーデリアも得意ではなかったが、無暗に殺すのも忍びないので、できるだけ逃がすようにしている。

（……蛇といえば、ヘイルートは元気にしているかしら）

国を出た友人のことを思い出す。

画家である彼は、レオンハルトと同じように獣の力を宿す人間だった。

獅子の聖獣の先祖帰りであるレオンハルトに対して、ヘイルートは蛇の先祖帰りで、普通の人間には無い、『熱を見る』能力を持っていた。身体能力も人並み外れて高く、それらを活かし密偵のようなこともしているらしい。

（あまり、危険なことにならないといいのだけど……）

嫌がらせのために、箱に詰められた蛇のように。

ヘイルートも、誰かに捕まったりしないで欲しかった。

頭の回転が早く要領のいい彼だから、そう簡単に下手を打ちはしないだろうが、やはり少し心配だ。

『熱を見る』特殊な目を持つ彼は、同じような目を持つ相手を探しているらしい。

当分の目的地は東。いくつか国を越えた先にある、ヴォルフヴァルト王国だ。獣人たちが多く暮らすかの国ならば、もしかしたら同類がいるかも、と期待したようだった。

今頃はこのライオルベルン王国と山脈を挟んで東に接するエルトリア王国のどこかを、東へ東へと進んでいるはず。

ヴォルフヴァルト王国に到着し落ち着いたら、手紙を出してくれる約束で待ち遠しかった。

異国にいる友人を思いながら、コーデリアは箱の後始末を指示していく。

（あぁそれと、フェミナ殿下への手紙も書かないといけないわ）

コーデリアは明後日から二日ほど、屋敷を空ける予定だ。親戚のジストが王家近郊に持っている屋敷に、滞在する手はずになっていた。

この頃フェミナは嫌がらせと称し頻繁に屋敷を訪れ、ニニたちを可愛がっている。

コーデリアの不在時に彼女が突撃してきても困るため、あらかじめ手紙で知らせることにした。

『フェミナ殿下へ
私はしばらく、屋敷を空けることになりました。ニニたちは屋敷に残っていますが、殿下を出迎えることのできる人間がいないので、しばらく嫌がらせはご自重ください――』

そんな文面をしたため送り、コーデリアは二日後、屋敷を後にしたのだった。

『よう、コーデリア。よく来てくれたな」

郊外の屋敷につくと、従兄（いとこ）のジストが出迎えてくれた。

コーデリアより二つ年上の、ライトブラウンの髪の青年だ。昔からコーデリアによくしてくれている、兄のような相手だった。

「グーエンバーグ伯爵家の領地での引継ぎ作業は、どれくらい進んでいるの？」

コーデリアは順調にいけば、実家のグーエンバーグ伯爵家を出て王家に入ることになる。そんなコーデリアに代わってジストは、伯爵家の後継者となってくれる予定だ。

ジストは伯爵家領地での引継ぎ作業で忙しい中、王都近郊に所有する屋敷まで足を伸ばしてくれている。王都から遠く離れられないコーデリアと、顔を合わせる機会を作ってくれたのだ。

「概ね順調だ。……おまえの母親も糸が切れたように、大人（おとな）しくしてくれているからな」

「そう……」

コーデリアの胸が鈍く痛んだ。

母親は溺愛していたプリシラが記憶喪失になったことで、一気に老け込んでしまっていた。

(でも私が、お母様にできることは何も無いわ)

母親はコーデリアのことを愛していない。むしろ憎んでさえいる有様だった。コーデリアが心配し動いたとしても、逆効果にしかならないだろう。

「コーデリア？　どうかしたのか？」

「なんでもないわ」

コーデリアは一つ首を振ると頭を切り替え、ジストと伯爵家引継ぎ作業について打ち合わせしていく。

やはりどうしても、手紙のやりとりだけでは進まない箇所がある。これ以上、実家関連でレオンハルトに迷惑をかけないよう、ジストに協力してもらい問題を片づけていきたかった。

「――――しかしコーデリア、本当によかったのか？」

一仕事終え、紅茶で一服していたところだ。飲み終わった茶器をハンナが回収し出ていくと、ジストが気遣わし気に声をかけてきた。

「おまえだって、レオンハルト殿下との正式な婚約に向けて忙しいんだろ？　今日はこうして来てもらって、直接話し合えたおかげで作業が捗ったが……。無理をして時間を割いたんじゃないか？」

本来こういった場合、身分が低いジストの方が、コーデリアの屋敷へ向かうのが通例だ。

なのにわざわざコーデリアに足を運ばせてしまい、悪いと思っているようだ。

「そんなことないわ。王都の外に出てちょうどいい気晴らしになったし、どの道いずれ片づけなければいけない作業だったもの。早いうちにささっと、気分転換がてら終わらせた方がいいでしょ？」

「まぁ、それもそうだし、助かったけどな……」

机に山と積まれた書類を、ジストがうんざりとした表情で見やっている。

『しかし本当に、伯爵家の後継者となるとやるべきことが多い。……多すぎるぞ？　おまえはあのプリシラたちを抱えて、よく一人でやってこれたな』

「私一人の力じゃないわ」

コーデリアはそう言うと、背後に控えていたハンナに視線をやった。

「お父様やお母様は頼りにならなかったけど、使用人たちには恵まれているもの」

「ふふ、恐れ多いお言葉ですわ」

ハンナが礼儀正しく、それでいて柔らかな笑みを浮かべた。

笑うと口元に皺（しわ）のできるハンナは、コーデリアが幼い頃から親しんだ相手だ。まだ祖母が存命だった頃から、グーエンバーク伯爵家に仕えてくれている。

厳格だが筋の通った祖母が集めた使用人たちは、いずれも忠誠心が厚く有能だった。

コーデリアが若干十代の、しかも女性の身で伯爵家を切り盛りすることができたのも、祖母の代から残ってくれた、使用人たちの助けがあればこそだ。

「使用人を上手（うま）く働かせることができるのは、れっきとした貴族としての才覚だ。おまえは自分が思うよりずっと優秀だし、立派にやっているよ」

「……ありがとう。でも……」

ジストに褒められるのは、嬉しい。

嬉しいけど、勘違いしてはいけない。

(殿下と比べたら、私はまだまだ足りないところばかりよ……)

今までコーデリアは自分の実務能力にそれなりの自信を持っていた。

が、しかしそれはあくまで、伯爵令嬢として評価してのことだ。

レオンハルトの婚約者となり、国政の中枢人物に関わるにつれ、コーデリアのちっぽけな自信は、どんどんとすり減っている。

伯爵家の令嬢であれば自領の周辺と国内政治、そしてある程度の外交事情を押さえていればそれでよかった。しかし一国の王太子妃としては知識も教養も経験も、何もかも不足しているのが現状だ。

(殿下は幼い頃は寝込みがちで、今だって先祖返りという事情を抱えているのに、私よりずっと優秀でいらっしゃるわ)

博識な彼と話すのは楽しいが、同時に焦燥感が消せなかった。

彼の隣に立つに足る能力が資格が、本当に自分にはあるのだろうか?

劣等感がくすぶり、コーデリアの胸の底を焦がしている。

(レオンハルト殿下だけじゃないわ。エルトリア王国の王太子の婚約者、レティーシア様は私より年下だけど、隣国のこちらにも評判が届くほど、優秀であられると聞くわ)

血筋も能力も申し分ない彼や彼女らと比べれば、コーデリアには足りないものが多すぎる。

レオンハルトは優しいから、コーデリアを責めることは無いけれど。

いつかあの翡翠（ひすい）の瞳（ひとみ）で、失意の目を向けられたらと思うと、胸が軋（きし）むのが止められなかった。

「コーデリア、おまえの考えているだろうことはわかるが――」

「コーデリアお嬢様、失礼いたします」

気遣わしげなジストの声を遮り、ハンナが飛び込んでくる。

いつもは落ち着いているハンナが、今は酷（ひど）く慌てた様子だ。

「どうしたのかしら？」

「誘拐です！　ニニたちが誘拐されました!!」

◇◇◇◇◇◇◇◇◇◇◇◇◇◇◇◇

「フェミナ殿下、少々やりすぎではないでしょうか？」

街道をゆく馬車の中で、ぽつりと。

ハンナが苦々し気に呟（つぶや）きを漏らした。

ニニたちの誘拐の報を受け、王都の伯爵邸へとトンボ帰りしているところだ。

「嫌がらせの数々を大事にしないよう、コーデリア様が大目に見ていたのに恩を仇（あだ）で返すなんて……」

軽蔑いたしました、と。

声にならないハンナの声が聞こえるようだった。

王族への不敬にあたるため言葉にはしていないが、跳ね上がった眉の角度が、ハンナの怒りを雄弁に物語っているようだ。

「落ち着いて。まだフェミナ殿下の仕業だと決まったわけじゃないわ」

「フェミナ殿下は今まで散々、コーデリア様に嫌がらせをしています。相手がレオンハルト殿下の妹君だからといって、コーデリア様は遠慮しすぎです。その優しいお心は素晴らしいと思いますが……」

「……私は別に、優しくなんかないわ」

ハンナをなだめていると、やがて馬車の振動が弱まっていく。

コーデリアは訝しみ、御者台へと声をかけた。

「どうしたの？　まだ屋敷まで、もう少しあるわよね？」

「フェミナ殿下です。殿下の馬車が屋敷の前に駐まっています。おそらく屋敷の中で、こちらを待ち構えています」

困惑半分、怒り半分の御者の声が返ってくる。

コーデリアは窓からフェミナの馬車を確認すると、覚悟を決め降り立った。

屋敷に入ると、玄関ホールにフェミナとお付きの侍女が待っている。

「フェミナ殿下、ごきげんよう」

声をかけるとびくりと、フェミナの肩が跳ね上がる。今までの訪問とは、あからさまに違う様子だった。

「……」

「ニニたちの誘拐に、関わっていらっしゃるのですか？」

「っ……‼」

目を見つめて問いかけると、視線をそらされてしまった。

「あなたのせいよ‼　あなたがいつまでも、お兄様の婚約者の座にしがみつくからっ‼」

「だから、ニニたちが酷い目にあっても構わないと？」

「……っ……」

コーデリアに叱責されて青ざめながらも、フェミナは考えを曲げる気は無いようだ。

「……あなたがお兄様の婚約者の座を降りれば、ニニたちも無事に帰ってくるわ。さっさと諦めなさいよ」

震える声で言い残し、フェミナが侍女と共に屋敷を出ていく。

その後ろ姿が小さくなるのを見届けると、コーデリアは屋敷の使用人に話を聞くことにした。うなだれる使用人に、コーデリアの胸も痛んだ。

「申し訳ありません、コーデリアお嬢様。屋敷に侵入した何者かに、ニニたちをさらわれてしまいました」

「ニニたちがさらわれてから、どれくらい経っているの？」

「まだ半日ほどです。明け方の、警備の交代で手薄になっている時間帯に忍び込まれたようです。ニニたちの寝床に、こちらの手紙が残されていました」

手渡された手紙に目を通す。

『――猫達を返してほしければ、今日の夜、指定の場所に一人で来るように』

という怪しさにあふれた、ある意味わかりやすい文面だった。

「卑怯(ひきょう)です。ニニたちの命を盾に取るなんて……！」

ハンナが唇を噛(か)みしめている。コーデリア付きの侍女であるハンナは、コーデリアがニニを可愛がっていることをよく知っていた。

ハンナ本人もニニに餌(えさ)をやっていることもあり、誘拐犯が許せないようだ。

「……心配しないで。ニニはちゃんと、私が連れて帰ってくるわ」

「コーデリア様っ⁉」

信じられないといった様子で、ハンナが目をみはった。

「そんなまさか、手紙の指示に従うおつもりですか⁉」

「そうするつもりよ」

「危険ですおやめください‼　どう見てもこれは罠(わな)です‼　コーデリアお嬢様が、ニニたちを可愛がっているのは存じ上げておりますがっ、一人で誘拐犯の元へ向かうなんて無謀です‼」

ハンナの言うことはもっともだ。

主(あるじ)の機嫌を損ねることも恐れず、コーデリアを止めようとしている。真にコーデリアの身を、思いやっているからだ。

「どうしても行くとおっしゃるなら、私がフードを被ってコーデリアお嬢様のフリをして行かせていただきます!!」

主のためにと覚悟を決めるハンナを、コーデリアはそっと押しとどめた。

「大丈夫よ。私に任せて。だって、私一人じゃないのだから」

「……えっ？」

「この件については密かに、レオンハルト殿下が動いてらっしゃるもの」

だからこそコーデリアも、慌てずにいられるのだった。

誘拐されたのは猫「たち」。

ニニだけがなすすべもなく、さらわれたのではないのだった。

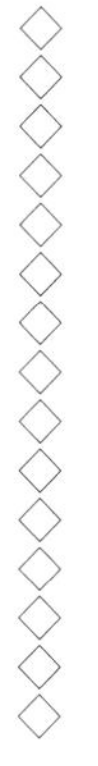

――コーデリアが、取り乱すハンナを落ち着かせているのと同時刻。

王都外れの荒れた屋敷の中に、レオンハルトは身を置いていた。

仔獅子の姿で檻の中から、誘拐犯たちの様子をうかがっているところだ。

「猫が逃げ出した、だと……？」

檻の隙間からは、屈強な男が表情を険しくしているのが見えた。誘拐実行犯の中の、首領にあたる人物だ。

「は、はいっ。あの白い猫、気づいたら隣の部屋に置いてあった、檻の中からいなくなってました」

誘拐犯の一人が青い顔で、首領に報告を行っている。

逃げ出した白い猫とは、もちろんニニのことだ。誘拐犯たちの監視が緩んだ隙をついたレオンハルトにより、ニニは無事に脱出させられていた。

「どうも檻の留め金の部分が、壊れちまったみたいです」

「閉じ込める前に、檻はしっかりと確認したはずだろう？」

「は、はいもちろんですっ!!　でも見てくださいこれ!!　留め金が歪んじまってます!!」

両手で抱えられるほどの大きさの鉄の檻。

よく見れば、その開閉部分の留め金が火で炙られ溶けたかのように変形し、檻の役目を果たせなくなっている。

レオンハルトが操る炎によって、留め金が壊されたのだ。

首領は怪訝そうに顔を歪め、大きく舌打ちをした。

「ちっ、気持ち悪いが……。まぁいい。猫はまだもう一匹、こっちに捕まえてあるからな」

悪態をつきながら、首領はレオンハルトを見た。

「なんでもこいつは、珍しい種類の猫だそうだ。あのご令嬢様も貴重なこいつを、それはもう可愛がっていたそうだからな。あんなどこにでもいるような白猫の一匹、逃げたって構わないはずだ」

吐き捨てるように言う首領に対し、レオンハルトは。

敵意を放たないよう気をつけつつ、「珍しい種類の猫」のフリを続けたのだった。

◇◇◇◇◇◇◇◇◇◇◇◇◇◇◇

日が沈み、空が藍色の帳に覆われつくした頃。

コーデリアは誘拐犯の指示通り王都の外れの、人気の無い場所へとやってきていた。服装はレオンハルトから贈られた、たっぷりと布を使いスカートの広がった青色のドレスだ。

「約束通り、一人でやってきたわよ」

夜空に語りかけるように声を投げかける。

声が消えしばらくした頃、数人の男たちが姿を現した。

「はは、律儀なことだ。まさか王子の婚約者ともあろうご令嬢が、のこのこと一人でやってくるなんてな」

誘拐犯たちは剣を手にしている。敵意を隠す気は全くないようだ。

そのうちの一人が持つ檻の中で、きらりと金色の毛並みが光ったのを、コーデリアはしっかりと確認した。

「うちの屋敷からさらった猫は、二匹いたはずでしょう？」

「はは、舐めるなよ。もう一匹は保険として置いてきただけさ。馬鹿正直に、二匹ともこの場に連れてくるわけが――――」

「にゃうっ!!　にゃにゃうっ!!」

誘拐犯の恫喝を遮り、剣呑な場に似つかわしくない、可愛らしい鳴き声が響いた。

(鳴き声が二回……。つまり計画通り、ニニは無事逃げたようね)

コーデリアは胸を撫で下ろした。

これで遠慮なく、誘拐犯たちに立ち向かえそうだ。

「このっ！　水差しやがって!!　おまえは黙っとけ!!」

苛つきもあらわに、誘拐犯が檻を殴りつける。

耳障りな音が響き、コーデリアは眉をひそめた。

「やめて。その子に失礼よ」

「はっ!!　失礼？　ずいぶんとお猫様に、首ったけなんだな？」

馬鹿にしたように、誘拐犯がコーデリアを見下す。

「『コーデリアは二匹の猫を可愛がっている』と聞いていたが、本当だったみたいだな。まさか、たかが猫ごときのために、一人でこの場にやってくるとは驚きだよ」

「……もし、私がニニたちを見捨てて、誘拐された事実を公にして糾弾したら、どうするつもりだったのよ？」

「どうにもなるわけないだろう？　たかが猫の一、二匹誘拐されたところで、どうでもいいことだからな」

「…………」

誘拐犯が言うことは、ある意味もっともだった。

個人の好き嫌いは置いておけば、この国では法的に、猫は「もの」扱いされている。誘拐や虐待を行ったところで、人間相手に行うのとはまるで罪の重さが違ってきた。

（『フェミナ殿下から猫をさらったと脅迫状が届いた』と私が騒いだところで、『子供のイタズラ』『猫が気まぐれにいなくなったのに便乗しただけで、フェミナ殿下は誘拐してない』と判断される可能性も高いものね）

悔しいが、他人からしたら『しょせん猫』と、まともに取り扱われないに違いない。

獣人が多く住まうヴォルフヴァルト王国でもない限り、もの扱いされて終わりだった。

（向こうも本来は、私への嫌がらせと……見せしめのために誘拐したんでしょうね）

今回誘拐したのは猫だけだが、次はどうなるかわかっているな？

という脅しのために、彼らはニニたちを誘拐したに違いない。

腹立たしいが、誘拐計画を事前に察知したコーデリアたちは、逆に相手を罠にかけることにしたのだ。

レオンハルトは決して、妹のフェミナを放置していたわけでは無かった。

フェミナやその周辺に探りを入れた結果、コーデリアへの嫌がらせのため、ニニの誘拐が計画されていることを掴んだのだ。

レオンハルトの告げた言葉と計画を、コーデリアは思い出した。

『ニニの誘拐計画を潰すのは簡単だが……。今回のを潰してもまた別の時にニニや、コーデリアと親しい使用人が危険な目にあう可能性がある。ならば今回は、あえて途中までは誘拐計画が上手くいっているように思わせ、動かぬ証拠を掴みたいんだ。具体的には――』

レオンハルトの提案に、『それでニニの安全が保障され、相手を追い詰められるなら』と、コーデリアも協力することにした。

（そのために、殿下には私の飼い猫のフリをしてもらうことになったのだけど……）

王子であるレオンハルトを飼い猫扱いしてくれと言われて、軽く目まいを感じたのを覚えている。

レオンハルトは気にしていないようだったが、コーデリアとしては恐れ多い限りだ。

仔獅子の姿とはいえレオンハルトが、妹であるフェミナに撫でられて良いのかと心配だったが……。

結果大きな問題も無く、レオンハルトは猫のフリを完遂していた。

本物の猫と比べれば耳は丸く手足は太く、顔立ちも異なっているけれど、『南方大陸からやってきた珍しい種類の猫です』という言い訳に疑問は持たれなかったようだ。多種多様な自然が広がる南方大陸には、様々な生き物が生息しているらしかった。

（南方大陸様々ね……）

四十年ほど前、新航路が発見された南方大陸からは、種々の香辛料など、こちらの大陸では珍しい品々が持ち込まれている。

馬ほどの大きさの騎乗用のトカゲ、長い首を持つキリンという生き物など、こちらの大陸には生息しない、様々な動植物もやってきていた。

貴族の間では、そういった珍奇な生物を飼うことがステータスにもなっているため、仔獅子姿のレオンハルトも、猫の一種だとすんなり受け入れられたようだ。

（フェミナ殿下がこちらの屋敷を訪れるという情報を掴んだ時、レオンハルト殿下は仔獅子姿で、私の飼い猫のフリをしてくれたわ）

おかげでフェミナたちは、コーデリアがニニと仔獅子の二匹を飼い愛でていると誤解し、二匹一緒に誘拐することにしたらしい。

コーデリアはジストの屋敷に行き自邸を空けるとフェミナに知らせてやり、あえてその日、自邸の警備を緩くしておいたのだ。詳しい事情は警備責任者にしか説明しておらず、誘拐犯たちも罠だと気づかなかったようだ。

おかげで誘拐犯はこちらの読み通り、二匹を一緒にさらっていくことになった。

あとはレオンハルトが時機を見て、炎を操りニニの檻の鍵を壊し、無事逃がすことになったのだ。

（ニニとレオンハルト殿下は、だいぶ仲良くなっていたものね……）

顔を合わせた当初は、異質な仔獅子に怯えていたニニ。だが、仔獅子に害意が無いことを理解してからは徐々に、打ち解けていたのだ。

レオンハルトの方も仔獅子の姿の時はある程度、猫であるニニと意思の疎通が取れるらしい。

今日もニニに対して、『檻を壊すから、近くの木の上にでも隠れていてくれ』と言い聞かせ、逃がす手はずになっていた。

「――――おいおまえ、黙り込んでどうしたんだ？」

黙り込むコーデリアの様子を不審に思ったのか、誘拐犯が険しい声をかけてくる。

コーデリアが誘拐犯へ視線を向けると、気圧されたかのように一歩、誘拐犯が体を引いた。

「なんだ、その目は？　何が言いたいんだ？」

「……最後にもう一度聞くわ。約束通り、私はこの場所にやってきたわ。その猫を、私に返してくれないかしら？」

「はぁ？　何寝ぼけたことを言ってるんだ？」

誘拐犯がせせら笑った。

コーデリアに見せつけるように、仔獅子の入れられた檻を掲げる。

「おまえ、こいつを見捨てられないんだろ？　ならこいつと引き替えに、おまえを誘拐しレオンハルト殿下への人質にさせてもらおう。生意気な女だが、顔と体は悪くないからな」

「………」

舐め回すような視線が、コーデリアへと向けられた。

コーデリアを誘拐して、その後どうするつもりか。誘拐犯たちの顔つきを見れば、ロクなことを考えていないのは明らかだった。

(じゃあこっちも、遠慮する必要は無いわね)

一人納得すると、コーデリアはドレスの腕の部分、たっぷりとした布地に手を突っ込んだ。

「どうしたどうした？　この場で服を脱いで、さっそく裸になろうとで――――なんだそれはっ!?」

誘拐犯の視線が釘付けになる。

すらりと抜き放たれた、まばゆい黄金の刃。

美しく輝く長剣を手にし、コーデリアは静かに立っていた。

「ふざけるな!!　そんな長剣を、おまえのような細身の女が持ち歩けるわけがない!!」

「これは聖剣だと、そう言えばわかるかしら？」

「なっ、嘘だろう!?」

息を呑む誘拐犯たち。

その視線は闇夜に光り輝く、聖剣に釘付けになっていた。

「で、でたらめをっ!!　聖獣だの聖女だの聖剣だのは全部、元王太子の失態を隠すためにばらまかれた嘘っぱちだったんじゃないのか!?」

「あなたたちがどんな噂を聞いてるかは知らないけれど、この聖剣は本物よ」

コーデリアが手にしている聖剣は、聖獣の先祖帰りであるレオンハルトの力の一端だ。

羽のように軽く、刃渡りも調節することが可能なため、袖の中に隠し持つことができた。コーデリアがわざわざ、布をふんだんに使ったデザインのドレスを着てきたのもそのためだ。

黄金に輝く聖剣を手にし、豪華な青いドレスを身にまとったコーデリアの姿は、誘拐犯たちの目に威圧的に映っているようだ。恐れの気配を感じたコーデリアは、両腕で聖剣を構えた。

「聖なる炎よ！　囚われし獣を解き放て！」

「熱っ!?」

ごうっ、と。

金色の炎が、檻の蓋を焼き焦がした。

誘拐犯たちは慌てコーデリアを怯えた目で見ているが、実は炎を出したのは仔獅子自身。コーデリアの呪文は、それっぽい言葉を叫んだだけだ。

燃え落ちた檻から、仔獅子が勢いよく飛び出してくる。

「くそっ!!　その猫を逃がす――――ぎゃあっ!?」

誘拐犯たちの周りに次々と、金色の炎が吹き上がっていく。

動きを封じられ、誘拐犯たちは恐慌状態に陥った。

「なんだこれはちくしょうっ!!」

誘拐犯のうちの一人が、服が焼き焦げるのも構わず炎を突破してきた。

振り上げられた刃に、コーデリアは思わず身をすくませ、

「そこまでにしてもらおうか」

冷えた声音と、きぃんと響く一閃。

レオンハルトが剣を振るい、誘拐犯の剣を真っ二つに斬り飛ばしていた。

「っ、なんだおま、っがっ!?」

みぞおちへと一撃。

剣の腹を叩き込まれ、誘拐犯が崩れ落ちる。

意識を刈り取られ、白目をむいて動けないようだ。

レオンハルトは誘拐犯の気絶を確認すると、鋭い目と刃の切っ先を、残る誘拐犯たちへと差し向けた。

「彼女を害するつもりなら、この俺が相手になろう」

「っ……」

「斬られたい奴からかかってくるといい」

放たれた殺気に、誘拐犯たちが震え上がる。

（これは怖いわね……）

殺気を向けられていないコーデリアさえ、若干背筋が冷えるほどだ。

いつもの優しく穏やかなレオンハルトとは違う、剣持つ者としての、それは苛烈な一面だった。

「っ、くそっ!!　びびってんじゃねぇ!!　数はこっちの方が上だ!!　まとめてかかるぞ!!」

一斉に斬りかかる誘拐犯たち。

しかしまるで、レオンハルトの相手になっていなかった。

一合と打ち合えず、剣を弾き飛ばされ峰打ちを叩き込まれ、次々と無力化されていく。

コーデリアを背後に庇いながらも危なげなく、レオンハルトは剣を振るっていた。

「これで終わりだ」

「がっ!?」

最後の一人をあっさりと地面に沈め、レオンハルトは剣を鞘へと収めた。

「コーデリア、無事だな？」

レオンハルトはコーデリアの手を取り、気遣わし気に全身を確認している。

「はい、殿下のおかげで、怪我一つありません。殿下、すごくお強いんですね……」

剣の名手と聞いていたが、想像をはるかに超えていた。

剣術に疎いコーデリアでさえ、レオンハルトの技量がずば抜けているのがわかるほどだ。尊敬と驚愕の念を込め、コーデリアはレオンハルトを見上げた。

「これくらいなんてことないよ。俺は先祖帰りの影響で、人間はもちろん獣人よりも、身体能力が高いからな」

「そうでしたの……」

だがあの剣の冴えは、それだけでは決してないはずだ。

(殿下にとっては本当に、『これくらいなんてことない』でしょうけど……)

あの優雅にさえ見える見事な剣さばきは、常人が何十年かけても、辿り着けない境地に違いない。

頭脳だけでなく身を護るすべも、一等優れているレオンハルト。

誇らしくてまばゆくて、そして少しだけ胸が軋んだ。

「コーデリア、どうしたんだい？」

目ざとく、レオンハルトが声をかけてきた。

「先ほどの俺の殺気で、怯えさせてしまったか？」

「いえ、そんなことはありません。むしろ私は……」

コーデリアは首を振りつつ、鼓動の速さを意識してしまった。

剣を手にしたレオンハルトを見た時感じたのは。

本能的な恐れはあったが、それ以上の安心感と信頼感。そして、いつもこちらへ向けられるのとは違う鋭くも美しい横顔に、胸が騒いだのだった。

「……かっこよくて、見とれてしまいました」

顔を赤くしながら、コーデリアはぽつりと呟いた。

誘拐犯に立ち向かい、こちらを守ろうとしてくれたレオンハルトに合わす顔が無いけれど。

あの瞬間に誤魔化しようもなく、コーデリアの鼓動は高鳴っていた。

「殿下は真剣に、私を助けようとしてくれたのにすみませ――――きゃっ⁉」

強く引き寄せられ、頬にレオンハルトの体が当たった。

胸板の硬さにどきりとしていると、腰に手が回り抱きしめられる。

「殿下？　どうされたのですか？」

「……見ないでくれ」

「えっ？」

視線を上に向けようとするも、顔を体に押し付けられてしまう。

一瞬視界の端に映ったレオンハルトの耳は、じんわりと赤い気がした。

「俺はきっと今、頬が緩んでかっこ悪い顔をしている」

「殿下がかっこ悪いなんて、そんなわけっ……‼」

ぎゅうと、腰に回された腕の力が強くなる。

レオンハルトの照れ隠しのようだった。

「頼む、見ないでくれ。……今まで何度も、剣術の腕を褒められたことはあったが……。こんなに嬉しいのは初めてだ」

「殿下……」

動揺を隠すように、レオンハルトの声はどこか上ずっている。

その声と体に触れる体温に、コーデリアも赤くなっていく。

(殿下も、照れることがあるのね)

いつもレオンハルトは、こうして体が密着している時でさえ、どこか余裕を崩さなかった。

そんな彼が見せる初めての姿に、コーデリアは目を瞬かせた。

(そうよね。何でもできるお方だけど、殿下は私と、二歳しか違わないもの。男の方は、それだけ剣術にこだわりのある方も多いと聞くわ。殿下もきっと、剣術に思い入れがあるのね)

そう思うと、顔を赤くしたレオンハルトに、愛しさが込み上げてくるようだ。

思いのままに、コーデリアがレオンハルトの背中へと両腕を回し抱きしめると、腰にかけられた手の力が強まり――

「にゃあっ!!」

愛らしくも、どこか不満げな鳴き声。

はっとコーデリアが我に返ると、ニニがこちらを見上げていた。

誘拐犯たちが倒れたのを見て、近寄ってきたようだ。

ニニはコーデリアの足元へすり寄ると、ぐいぐいと頭を擦(こす)り付けてくる。

「にゃにゃうっ!!」

「ニニ、待って。今抱き上げるわ」

ニニのためを思ってのこととはいえ、誘拐騒動に巻き込んでしまったのだ。

安心させてやるべく、コーデリアはニニを抱き上げた。

「……ニニはまるで、『ご主人様は渡さないぞ』と主張しているようだな」

レオンハルトは小声で、コーデリアに聞こえないよう呟くと。

「残念だが、この場はお預けだな。まずは誘拐犯たちを、縛り上げることにするか」

後始末をすべく、動き出したようだ。

「一、二、三………全部で十一人か」

誘拐犯たち十一人は、全員がレオンハルトに倒され転がっている。

派手な出血はなく、呼吸で胸が上下しているのもわかった。

(レオンハルト殿下、すごいわね。あの状況で、命を奪わないよう手加減ができるなんて)

コーデリアが感心していると、レオンハルトが懐から小さな笛を取り出し吹いていた。

「これでじきに、近くに控えさせていた俺の護衛もやってくるはずだ」

レオンハルトが獅子の姿に変じられるのを、知る人間は少ない。

護衛たちにすら秘密にしているのだ。

獅子から人へ変わる姿を見られないよう、細心の注意を払う必要があった。

駆けつけてきた護衛は、レオンハルトに仕えているだけあり仕事が早い。

手際よく誘拐犯たちを縛り上げると、指示を待つようにレオンハルトを見た。

「よし、ご苦労。次はこの事件の大元、誘拐犯の雇い主を追い詰めることにしよう」

◇◇◇◇◇◇◇◇◇◇◇◇◇◇

明けて翌日の昼過ぎ。

王宮に来てくれと、レオンハルトからの知らせがきた。

黒幕の目星はついていたため、速やかに突き止めることができたようだ。

レオンハルトがつけてくれた護衛を引き連れ、コーデリアは王宮へと向かった。

「……やはり、あなた様だったのですね」

王宮の奥、王族たちの住まう内宮。

レオンハルトの配下に見張られ軟禁されていたのは、第三王妃ダレリアだった。

「…………」

ダレリアはフェミナの母親だけあり、美しい女性だった。

色素の薄い、酷薄な印象を与える水色の瞳を、声も無くレオンハルトへ向けている。

「初めまして、ダレリア様。あなたが私の飼い猫の誘拐と、そして私に危害を加える計画を、指示されていたんですね？」

「…………」

ダレリアは沈黙を続けている。

レオンハルトの調査により、言い逃れのできない証拠を掴まれているが、素直に認める気は無いようだ。

(だからと言って、無理やり牢に入れるのも難しいのよね)

ダレリアは第三王妃であり、生家は五大公爵家の一つであるダールズ公爵家だ。

証拠が揃っているとはいえ、強引に連行すれば大事になり、厄介な事態になるかもしれない。

それがわかっているからこそ、ダレリアは焦りを表面に見せることも無く立っているようだ。

「潔く罪を認めるべきです」

レオンハルトが静かな、だが厳しい声でダレリアを糾弾する。

「調べは既についていています。誘拐犯との繋がりだけではありません。マルティナもでしょう?」

マルティナ。

その一言に一瞬、ダレリアの眉がぴくりと動いた。

「あなたの産んだ子はフェミナ一人だけ。だからこそ、俺と兄上……ザイードのどちらが次期国王になるか今までずっと、様子をうかがっていたんだ」

つい先日まで、王太子の座はザイードのものだった。

しかし傲慢で人当たりの強い性格が災いし、廃太子の可能性が囁かれたこともあり盤石とは言えない状態だったのだ。

この国の貴族で、大きな勢力を誇る五大公爵家。そのうち二家がザイードを支持し、もう二家はレオンハルト寄りだった。

（そして五大公爵家のうち最後の一家、ダレリア様の実家ダールズ家は、レオンハルト殿下とザイードの、どちらの陣営にも与(くみ)していなかったわ）

ダールズ家が支持した側が、王位争いに有利になるはずだったのだ。

恩を売り勝ち馬に乗って、王太子妃の座にダールズ家の令嬢、マルティナを据えるべく、じっと機を待っていたのだ。

そしてそんな膠着(こうちゃく)したともいえる状況で、ザイードが凶行を起こしてしまった。

結果、ザイードは自業自得(じごうじとく)で破滅し、レオンハルトが王太子の椅子(いす)に座ることになる。

しかもザイードの凶行から国民の目をそらすため、『獅子の聖女』と大々的に銘打ったコーデリアを、かたわらに伴ってだ。

ダレリアからしたらコーデリアは計算を狂わせた、邪魔で仕方がない存在に違いない。だからこそどうにかコーデリアを排除しようと、誘拐犯を動かしたのだ。

「……なぜ、コーデリアなの？」

薄い水色の目が、コーデリアへと向けられる。

「『獅子の聖女』だなんてはったりなんでしょう？　本当にそんな力を持ち聖獣に選ばれていると言うのなら、今この場で証拠を見せてみなさいよ」

淡々とした挑発に、コーデリアが応えることはなかった。

レオンハルトこそが聖獣……金の獅子であることは、ごく限られた人間しか知らない秘密だ。

秘密が広がらないよう、聖剣や獅子の姿のレオンハルトを、無暗に人目に触れさせないよう気をつけていた。

「どうせ全て嘘なんでしょう？　あなたは伯爵令嬢。本来王太子の婚約者には釣り合わない身の上よ。無理を押し通すため、聖女と偽っている卑怯も――っ」

「黙れ」

語気を強めたレオンハルトの一喝に、ダレリアが喉を引きつらせた。

「彼女への侮辱はやめろ」

「……ずいぶんと入れ込んでいるのね。恋は盲目、という言葉を知っていて？」

「こちらからも言わせてもらおう。いい加減に罪を認めたらどうだ？　もしこれ以上、コーデリアに危害を加えようというなら――」

レオンハルトが言葉を切って黙り込む。

耳を澄ませると、大きくなる慌ただしい足音。

こちらへ近づいてくる気配があった。

「お兄様っ!!」

翻る金の髪が、コーデリアの前に広がった。

ダレリアの前に、フェミナが立ちふさがっている。

「やめて!!　お母様をいじめないで!!」

ダレリアと同じ、水色の瞳のふちに涙を浮かべながら、声を振り絞るように叫んでいる。

「私よ!!　悪いのは私よ!!　全部全部私が悪いわ!!　私が、ニニーを誘拐したって脅迫状を出したのよ!!　お兄様だって知ってるでしょう!?」

体を震わせ、今にも泣きだしそうなフェミナが、コーデリアをずいと指さした。

「私は何度も何度も、コーデリアをいびったわ!!　カエルや蛇やなめくじ、たくさんたくさん送りつけて、すごく嫌がらせしたじゃない!!　コーデリアだって私のこと、嫌って憎んで大嫌いでしょ!?」

「いいえ、違います」

コーデリアは首を横に振った。

「何よ!?　もしかしてあなた、カエルを送りつけられて喜ぶ変態趣味なの!?」

「それも違います」

「じゃあ何よ!?　どうして――」

「本当は私に、嫌がらせなんかしたくなかったのですよね？」

コーデリアの問いかけに、

「っ……!!」

フェミナは息を詰まらせた。

「な、にをっ……!!　そんなわけないじゃない!!　なんでそんなことを言うのよっ!?」

「フェミナ殿下の嫌がらせには、手心が感じられたからです」

「手心って何よ？」

「……恥ずかしながら私は、それなりに他人から、嫌がらせを受ける機会が多かったんです」

八割がた、妹のプリシラが原因だ。

自由奔放（じゆうほんぽう）、わがまま放題に振る舞う妹の皺寄せの多くが、コーデリアへ押し寄せてきた。

「陰口は当たり前。時には持ち物を隠されたり、直接襲いかかられたこともあります」

おかげでコーデリアは、図太く強か（したた）にならざるを得なかった。頑張って自衛していたし、加えてレオンハルトの助力がなかったら、今頃どうなっていたかわからないのだ。

「今まで私が経験した嫌がらせと比べたら、フェミナ殿下の嫌がらせには手心、手加減が感じられたんです。本気で私を傷つけるつもりであれば、もっとやりようはあったと思います」

違いますか、と問いかけてみると。

フェミナが唇を噛みしめ、いっそかわいそうなほど動揺していた。

「嫌がらせが生ぬるかったのは、本心からのものではなかったからでしょう？」

「ち、違うわ。私は、あなたのことが邪魔で大嫌いで……」

「フェミナ、もう嘘はつかなくていいんだ」

レオンハルトが呼びかけると、フェミナが肩をびくりと揺らした。

「お兄様まで、何を言い出すんですか？　私からお兄様を奪う、コーデリアのことが大嫌いで――」

「最近あまり構ってやれず、寂しがらせたのは悪いと思っている。だが寂しいからといって、コーデリアに八つ当たりで嫌がらせをするのはおかしいと感じていたんだ」

「お兄、さま……」

「フェミナは優しい子だと、そう信じていたからな」

「……」

頭を撫でるレオンハルトに、フェミナが言葉を途切れさせる。

恐れるように、こらえるように。

涙をこらえ俯いている。

「でも、私は、コーデリアに嫌がらせをしてっ……!!」

「そうだな。その点についてはコーデリアに謝るべきだが……。きちんと謝罪するためにもまずはしっかりと、事情を明らかにするべきだ。これ以上隠しごとはいけないと、フェミナならわかるだろう？」

諭（さと）すように語りかけるレオンハルト。

その優しい声色に、フェミナの瞳から涙がこぼれ落ちる。

「わ、たし……お兄様に嫌われたく、なくてっ……」

大粒の涙をこぼししゃくり上げながら、フェミナが声を振り絞る。

「お兄様が、コーデリアを大切にしているの、すごく嬉しそうにコーデリアの、ことを話すのを知って、て。でも、お母様たちの話も、私聞いちゃって……」

途切れとぎれの告白。

だが、コーデリアにはそれで十分だった。

『フェミナの様子を見るに、本心からコーデリアに嫌がらせをしているとは考えにくい』

そう言ったレオンハルトは、フェミナの周辺を探りだしたのだ。

調査の結果間もなく、ダレリアとその実家が、コーデリアを排除しようと蠢いているのが判明した。

（そして、ダレリア様の思惑に気づいたのは、レオンハルト殿下だけでは無かったということね）

フェミナはおそらく、母親であるダレリアがコーデリアを害そうとする計画を知ってしまったのだ。

「お母様、は、コーデリアに酷いことを、しようとしてたわ。そんなこと駄目だって、そんなことしたら、お兄様が悲しむってわかってたけど、でも、私はっ……!!」

ひっく、ひっくとしゃくり上げながら、フェミナが言葉を途切れさせる。

強く目を閉じた姿は、怒られるのを怖がる子供そのものだ。

フェミナは幼くても王族だった。正義感のまま母親の計画を告発すれば、母親が窮地(きゅうち)に立たされると、理解できてしまったに違いない。

……だからこそ悩み苦しんで。

コーデリアに嫌がらせをすることにしたのだ。

「フェミナ殿下はダレリア様を守りたくて、手を汚させたくなくて、代わりに自分で、私への嫌がらせをすることにしたんですね」

「……そう、よ。お母様の邪魔だから、私はあなたを、お兄様の婚約者から、引きずり下ろそうと、したのよ」

ごめんなさい、と。

フェミナが小さな声で、しかしはっきりと謝った。

（……フェミナ殿下は、根が悪い方じゃないわ。むしろ……）

コーデリアはそっと、フェミナの手へと腕を伸ばした。

「なに、するのよっ？」

「拳の力を弱めてください。そんなに強く握り込んでは、爪が食い込み血が滲んでしまいます」

「……」

指摘するも、フェミナの拳は緩まなかった。

感情がいっぱいいっぱいで、上手く体を制御できないようだ。

コーデリアはフェミナの掌から指を剥がすと、代わりに手を握ってやった。

「ちょっと、それじゃあなたの手が……」

「大丈夫ですよ。ほら、見てください」

コーデリアの掌に、血が滲んでいなかった。

フェミナが指の力を弱め、爪を立てないようにしているからだ。

「フェミナ殿下は、優しい方だと思います」

「そんなわけ……」

「あります。今だって、私の手を傷つけないように、力を調節してくれたでしょう？」

子供特有の体温の高い掌を、コーデリアは愛おしむように握った。

「フェミナ殿下には、ダレリア様の計画を知らないフリをして、何もしない選択肢だってあったはずです。なのにそうしなかったのは、私が害されるのを、見過ごせなかったからではないですか？」

「…………お母様の計画はやりすぎだと、そう思っただけよ」

そう思えるのはフェミナの善性の証明。

不器用な方法ではあるけれど、他人同然のコーデリアのことを、フェミナは守ろうとしたのだ。

「誰もが、フェミナ殿下のように考え行動できるわけではありません」

「……どうしてあなたが、私を慰めるのよ。私は散々あなたに嫌がらせをして、ニニを誘拐し――」

「フェミナ、やめなさい」

フェミナの涙声を遮るようにして。

黙り込んでいたダレリアが口を開いた。

「もう、嘘をつく必要は無いわ」

「……お母様……？」

ダレリアはフェミナを見つめ、ゆるりと目をつぶった。

長く息を吐くと、瞼(まぶた)を持ち上げ唇を開く。

「コーデリアの猫を誘拐させたのも、脅迫文を送りつけたのも、全て私が指示したことよ」

「お母様っ⁉」

フェミナが悲鳴を上げた。

「違うわ‼　ニニの誘拐は私がやったの‼　お母様は関係ないわ‼」

「冗談はよしなさい」

ぴしゃりと、ダレリアがそう言い切った。

「フェミナ、あなたは王家の人間としては甘すぎるわ。愚かなほどにね」

「な、そんなっ……」

母親からの否定に、フェミナがより派手に、涙をこぼししゃくり上げた。

「政敵であるコーデリアのことまで考えて、勝手に動くなんて愚かで甘くて……優しすぎるのよ」

馬鹿な子、と言いつつも。

フェミナを見るダレリアの瞳（め）は優しかった。

「そんなあなたが、コーデリアの猫を誘拐したと言っても、誰も信じるわけないでしょう？　やったのは私で、フェミナは関係ないもの」

ダレリアは手を伸ばすと、フェミナからコーデリアの手を奪い繋いだ。

「これ以上逃げも隠れもしないから、牢に入れるなりなんなり、自由にすればいいわ」

罪を認めたダレリア。

さすがにフェミナも、これ以上は母親を庇えないと悟ったようだった。

泣き疲れ、気絶するように眠ったフェミナを寝台に運んでやった後で。

コーデリアはレオンハルトと共に、ダレリアと別室で向かい合っていた。

ダレリアは堂々としており、悪びれたる様子は全く見受けられなかった。優雅に椅子に腰かける姿はこの国の女性の頂点、王妃の座に十年以上あったと納得できるたたずまいだ。

「ダレリア様は、後悔されていないのですか？」

「私が何を、悔いる必要があるのかしら？」

わずかに唇を持ち上げ、ダレリアが笑みを作った。

「政敵となる目障りなあなたを排除しようとするのは、王妃として当然のことでしょう？　力及ばず計画が失敗したことは残念だけど、あなたに謝る気はないもの」

いっそ清々しい告白だ。

自分のため家のため。

邪魔になる人間は容赦なく追い落とすし、表ざたにならなければ手段も問わない。

ダレリアにとっては、ただそれだけのことのようだ。

（……だからこそ、先ほどは意外だったのだけど）

ダレリアは、罪を被ろうとするフェミナを守ったのだ。

もしフェミナが、自分を犯人だと主張したまま終わったとしたら？

おそらくそちらの方が、ダレリア本人及び、実家のダールズ公爵家の痛手は少ないはずだ。まだ幼いフェミナに、厳しい罰が下される可能性は低かった。フェミナは罪人として扱われ将来に影が落ちるだろうが、ダレリアやダールズ家に、そこまで深刻な影響は無いはず。

ダールズ家の利益を第一に考えるならば、『幼いフェミナの暴走』という形でうやむやにしフェミナを切り捨てるのが、一番の選択のはずだった。

コーデリアが軽く考え込んでいると、ダレリアが唇を緩めた。

「私が罪を認めたのが、意外だと思っているのかしら？」

「……ええ、そうです。ダレリア様は、フェミナ殿下の私への嫌がらせを隠れ蓑に利用する形で、猫を誘拐し最終的に私を害そうとしていました。誘拐犯が捕縛され動かない証拠となり計画が失敗した以上、フェミナ殿下を切って保身に走られると思っていました」

「そうね。その通りよ。私もそのつもりだったのだけど……」

呆れたように、疲れたように。

ダレリアが小さくため息をついた。

「あの子が、フェミナが、馬鹿で優しすぎたもの」

予定が狂った、と自嘲しつつも。

ダレリアは先ほどの彼女の言葉の通り、後悔はしていないようだった。

（他人を平然と踏みにじることのできる酷い方だし、フェミナ殿下のことも利用していたけれど……）

それでも確かに、フェミナのことを愛してもいるのだ。

そして母親であるダレリアの愛情を感じていたからこそ、フェミナも母親を庇おうとしていた。

思い合う親子の関係に、コーデリアは少しだけ羨ましさを感じた。

コーデリアの母親はコーデリアを愛そうとせず、破綻したまま終わってしまっている。

今更母親に愛されたいと、関係を修復したいと思うわけではないけれど。

娘を愛するダレリアから、コーデリアが目を離せないでいた。

「……今回の件の処分について、父上にも意見をうかがっています」

コーデリアを見守っていたレオンハルトが、ダレリアへと視線を移した。

「陛下はなんとおっしゃっていたのかしら？」

「大事にするのはやめて欲しいそうです。こちらの提示する罰を受け入れるなら、公にはしないとおっしゃっています」

「どのような条件かしら？」

「大きく分けて二点です。まず一点目。ダールズ公爵家の領地から上がる税収のうち、王家の取り分をこの先十年間、一割多くする契約を結ぶこと。そして二点目、ダレリア様には病気療養ということで、離宮へ移ってもらいたいそうです」

広大な公爵領の税収の一割。

弱小伯爵家出身のコーデリアの感覚だと、顔が引きつりそうな大金だが、王妃の不祥事の隠蔽と考えれば割安だ。

離宮への追放も、王妃の座をはく奪されないだけ温情措置と言える範囲だった。

（……相手は五大公爵家の一家だもの。厳しい条件を出して関係を悪化させるより、十分達成できる軽めの条件を出しておく方が王家や国の利益になると、そう考えてのことでしょうし）

国内の政治力学を思い浮かべながら、コーデリアは二人の会話を見守った。

「それと、わざわざ言うまでも無いと思うが、今回の誘拐事件の実行犯や協力者については、残らず陛下に報告して処分を預からせてもらうことになる」

ダレリアがニニを誘拐できたのはおそらく、フェミナを通してグーエンバーグ伯爵邸の間取りや、警備の死角を把握していたからだ。

フェミナに付き添い、コーデリアの屋敷を訪れた侍女の中にも、計画に関わっている人間がいるはずだった。

「ええ、その程度は当然ね。従わせてもらうわ」

条件を呑むダレリアに、コーデリアは肩の力を緩めた。

実行犯や協力者から得られる証拠を王家側で押さえておけば、そうそうダレリア様たちも動けなくなるからだ。

これでダレリアやダールズ公爵家が、コーデリアやニニを害することは難しくなるはずだった。

ニニ誘拐事件の後始末は、滞りなく進んでいった。

ダレリアは表向き病を患（わずら）ったということで、離宮へと軟禁されている。

彼女の背後にいたダールズ公爵家も、国王の突き付けた条件を呑み、履行の準備を進めているようだった。

これで一安心とコーデリアが思っていると、ハンナが声をかけてきた。

「コーデリア様、間もなくお時間です」

「ありがとう。今行くわ」

ハンナを従え、屋敷の玄関へと向かった。

じきにフェミナが訪れるのだ。コーデリアへの嫌がらせの必要がなくなったため、今回はあらかじめ、訪問を告げられていた。

（けど、フェミナ殿下は、なんのためにいらっしゃるのかしら？）

あの日、大泣きしたフェミナの姿は、今もよく覚えている。

結果的にとはいえコーデリアは、フェミナと母親を引き剥がしてしまっているのだ。

嫌われて当然だし、今日も何か、恨み言を言いに来たのかもしれない。

コーデリアは気を引き締めると、玄関の扉の前で立ち止まった。

屋敷付きの侍女が扉を開けると、そこには、

「……フェミナ殿下、ごきげんよう。その箱はいったい……？」

フェミナの両脇（わき）に控える侍女はそれぞれ、両手で大きな箱を抱えている。

ピンクと白の包装紙で飾り付けられた箱は、とても既視感があった。

今度は正面から、嫌がらせの贈り物を押し付けるつもりだろうか？

思わず身構えてしまったコーデリアだったが、

「ごめんなさい」

目の前で深く深く、フェミナが頭を下げている。

コーデリアが呆気（あっけ）にとられ固まっている間にも、頭を上げようとしなかった。

「フェミナ殿下、いきなりどうされたのですか？」

「謝っているのよ」

「……嫌がらせと、ニニの誘拐の件でですか？」

頭を下げたまま、フェミナがこくりと頷いた。

「その件についてでしたらあの日、既に謝罪をいただいています」

「……あれだけじゃ、全然足りないわ。私のせいであなたも、ニニも、酷い目にあったんだもの」

だからこれはお詫びの品よ、と。

フェミナの合図とともに、箱を持った侍女が迫ってきた。

『受け取って、コーデリア。私お気に入りのお菓子を、詰め合わせにしているわ』

『フェミナ殿下自ら、選んでくれた品物なんですか？』

「お兄様が言っていたわ。人に贈り物をする時はできる限り、品物も包装も自分で見て選びなさい、って」

確かに、レオンハルトらしい教えだ。

（……ということはやはり、嫌がらせの箱がピンクと白の愛らしい外装だったのも、フェミナ殿下自らで選んでいたってことね）

箱を開けるまで、中身がカエルの嫌がらせだとばれないように。

自分がもらったら気に入る包装紙を選び、嫌がらせの品を届けさせていたようだ。

（気の使いどころがズレているような……？）

あの、こってりと可愛らしい見た目の、嫌がらせの箱の数々を思い出し、コーデリアは脱力してしまった。

苦笑しつつ、フェミナへと口を開いた。

「フェミナ殿下、ありがとうございます。……でも、受け取ってしまってよろしいのですか？　フェミナ殿下は私のこと、恨んでいるのではないでしょうか？」

「どうしてそう思うの？」

コーデリアの問いかけに、フェミナはけろりとしていた。

「お母様と簡単に会えなくなったのは、寂しいけれど……。でも、悪いのはお母様だもの。あなたを追い出そうとして、その結果なんだから、恨むのは違うと思うの。私にはまだよくわからないけど、政治のやりとりって、そういうものなんでしょう？」

当たり前の事実を告げるように、フェミナは母親との別れを語った。

政敵を陥れようとして負けた敗者がどうなろうと仕方ないという、一種の達観を感じさせる言葉だ。

（シビアね……。まだ幼いとはいえ、王家の人間として、教育されているということかしら？　母親のダレリア様もどこか割り切った雰囲気の持ち主だったたし、親子で似ているのかも……）

感心しかけたコーデリアだったが、思い違いに気がついた。

いくら王族とはいえ、そんな簡単に、割り切れることでは無いはずだ。

フェミナはどこか危うい、強がっているような雰囲気を放っている。ダレリアが悪いと頭でわかっていても、感情は容易に納得できていないようだ。

ら）

（辛いし苦しいのでしょうけど、でも……。それを隠して、フェミナ殿下が振る舞おうというのなら）

下手な慰めも、同情も求めていないはずだ。

コーデリアにできるのは弱さを隠しやってきた、フェミナの贈り物を受け取るだけだった。

「……フェミナ殿下、ご立派ですね。ありがたく、贈り物をちょうだいしたいのですが……」

「ですが？」

「もう一つだけ、お願いしたいことがあります」

「何よ？　お菓子がもっと欲しいの？」

「いいえ、違います。ニニを撫でて欲しいんです」

「ニニを？」

フェミナの表情がほころび、しかしすぐに硬くなった。

「駄目よ。私のせいで、ニニは誘拐されてしまったんだから、嫌われたに決まってるわ」

「大丈夫です。ニニは賢い猫だから、フェミナ殿下に悪意が無かったことはわかっていますよ。

――ニニ、おいで」

「にゃおう？」

呼ぶとすぐに、とてとてとニニがやってきた。

フェミナを見ても怯えた様子はなく、足元に体をすりつけている。

「ほら、問題ないでしょう？　せっかくだからお茶をして、ニニを撫でていかれませんか？　ニニもきっと喜んでくれて、飼い主の私も嬉しいです」

「……もう、しょうがないわね」

言いつつもフェミナは、嬉しそうにニニを撫でていた。

コーデリアに対してはは複雑な思いを抱く彼女も、素直にニニのことは可愛いようだ。お茶を飲みニニを撫でまわすうちに気がほぐれたのか、表情が柔らかくなっている。

気晴らしになったようで良かったと、コーデリアはほっと息をついた。

ニニと戯れるフェミナに目を細めながら、ダレリアとあの日交わした会話を思い出す。

『コーデリア、一つ言っておくことがあるわ』

『……何でしょうか？』

『フェミナは、あなたの屋敷へ嫌がらせに行った日、その様子をしきりに語っていたわ』

『……そうでしたか』

何と答えるべきかと迷うコーデリアに、ダレリアは小さく笑みを浮かべた。

『嫌がらせの内容や、あなたとどんな会話をしたか、それに猫たちの可愛らしさを、楽しそうに話していたわ』

『楽しそうに……』

『あなたが構ってくれたの、嬉しかったみたいね。あの子もあれで王族だから、なかなか気安く、遊んでくれる相手がいなかったもの』

困ったものね、と。

ダレリアが苦く柔らかく、母親としての顔で笑った。

『もしまた機会があったら、フェミナの話し相手になってくれないかしら？』

『……フェミナ殿下が、そう望まれるのでしたら』

「ふふ、嬉しい返事ね』

そう答え、娘を思いやるダレリアの姿を見て。

コーデリアは眩しさを感じたように、一つ瞬いたのだ。

ダレリアに託されたお願いを思いながら、コーデリアはフェミナを見つめた。ニニと遊んでいる間は、辛いことも忘れていられるのか、とても楽しそうな顔をしている。

「フェミナ殿下は、ニニがお気に入りなのですね。昔から、猫がお好きなんですか？」

『ええ、好きよ。猫はとても、可愛い生き物だもの」

柔らかな毛並みを撫で回しながら、フェミナが上機嫌で口を開く。

「昔、私が小さい頃、たまに遊んだ猫がいたのよ」

「たまに？　フェミナ様が飼っていたのではなく、王宮に住んでいる誰かの飼い猫ですか？」

「たぶんそうよ。飼い主を見たことは無いけど、毛並みはいつも綺麗だったわ。やってくる日は気まぐれで、何日も姿を見ない日が多かったけど、忘れた頃や、それに私が落ち込んでいる時にもやってきて、一緒にいてくれたわ」

「優しい猫だったのですね」

今よりももっと小さなフェミナが、猫に寄り添う姿を想像する。

微笑ましい交流に、頬を緩めたコーデリアだったが、

「えぇ！　優しくて、それにとっても可愛かったわ。金色の毛が綺麗で、耳が丸っこくて可愛くて、他の猫とは、少し変わった顔と尻尾をしていたの」

「金色で、耳が丸っこい、変わった尻尾の猫……」

心当たりがありすぎる猫の特徴に、具体的な姿が思い浮かんだ。

(その猫たぶん、仔獅子の姿のレオンハルト殿下よね……)

レオンハルトは昔、獅子への変化が制御しきれていなかったらしい。

仔獅子の姿の時は、気ままに感情の趣くまま、自由に歩き回っていたとも聞いている。

妹のフェミナが心配で、時折こっそりと、様子をのぞきに行っていたようだ。

「その金色の猫、まるで人の言葉を理解していたような、賢い猫じゃありませんでしたか？」

「そうよ！　よくわかったわね。私の話を聞いて励ますように、返事をしてくれていたわ」

「そうだったのですね……」

猫と少女、と見せかけた、兄と妹の交流だ。

いささか変わった絵面だが、あたたかな思い出のようだった。

「あの子がいたから、私は猫が好きになったのよ。最近はもう、何年か姿を見ていないけど、そういえば……」

何かを探すように、フェミナが周りを見回した。

「今日はレオはいないのね？」

「レオは気まぐれですから」

コーデリアはぎくりとした。

レオ――――仔獅子姿のレオンハルトにつけた呼び名だ。

フェミナに対しては、『活発で冒険好きな性格なので、よく外に遊びに行っています』と説明してあった。

『そう、残念ね……。レオ、私と昔遊んでくれた、金色の猫とそっくりなのよね」

「……そうでしたか」

同一人物、ならぬ同一猫（もどき）なので当然だ。

コーデリアは内心冷や汗を垂らしながら、何喰わない顔で頷いた。

フェミナには悪いが、真実を告げるわけにはいかない。

レオンハルトの先祖返り、および獅子の姿への変化は重要な秘密だ。知っているのは両親である国王と第二王妃、それに同じ先祖返りであるヘイルートなど、ごく一握りの人間だけ。

妹であるフェミナに対しても、秘密を明かすわけにはいかなかった。

「確かに、少し珍しい姿をした猫かもしれませんが、そんなに似ていましたか？」

「う～ん、忘れちゃったところもあるけど、かなり似てると思うわ。ただ……」

「ただ？」

「大きさが全然違うのよね。あの時の猫は、私が両腕でも抱えられないくらい、大きくて立派な猫だったの。でもレオは、せいぜいニニより少し大きいくらいで、普通の大きさの猫でしょ？」

記憶の中の猫とレオの大きさを比べるように、フェミナがニニを見ている。

「だから、あの時の猫とは違う子のはずよ。小さな猫が大きくなることはあっても、その逆はおかしいでしょ？」

「はい。それは確かに、別の猫なんでしょうね」

コーデリアは胸を撫で下ろした。

おそらく、その当時のフェミナは体が小さくて、仔獅子が大きく感じていたのだろうが……。

そこは言わぬが花と、コーデリアは苦笑する。

フェミナにはこのまま、勘違いしてもらっておくことにするのだった。

レオの話で少し驚いたが、その後フェミナは思う存分ニニを可愛がり、そして帰っていった。

（こちらへ来た時より、気分が上向いていたようで良かったわ）

ダレリアの一件は公にはしていないとはいえ、関係者には相応の事実が知らされている。

母親が失態を起こしたフェミナにも、それなりに風当たりは強くなるはず。兄であるレオンハルトが気遣っているとはいえ、フェミナも色々と、辛い思いをしているに違いない。

（それでもフェミナ殿下は、落ち込む姿を見せないようにして頑張っているもの）

少しでもフェミナの支えになれればいいと、コーデリアはそう思っている。

（……ちょっとだけ、懐かしいわね）

思えば十年以上前、まだコーデリアがほんの小さな頃は。

姉として、妹のプリシラを助けなければ、と張り切っていた気がする。

その後のプリシラのわがまま三昧と、彼女からこうむった迷惑のせいで、姉としての情も擦り切れてしまったのだ。

フェミナとコーデリアは、血の繋がった姉妹ではないけれど。

それでもどうか、レオンハルトを介した義理の姉妹として良い関係を築いていけたら、と。

そう願ったコーデリアなのだった。

3章　「隣国の英雄と国王陛下」

「隣国からやってくる駐在武官の歓迎式典への出席？」

コーデリアは紅茶のカップを手にしながら、レオンハルトへと問いかけた。

彼が王都に持つ屋敷で二人、お茶をいただいていたところだ。

「もうじき隣のエルトリア王国から、新しい駐在武官がやってくるんだ。十日後に開かれるその歓迎式典に君も出席してもらえないかと、向こうから申し出があった」

「……十日後、ですか。いささか急な話ですね」

紅茶のカップをソーサーへと置き、コーデリアはしばし考え込んだ。

この手の式典へのお誘いは多くの場合、一月は前に来るものだ。

十日前というタイミングは、非礼にならないギリギリといった日数だった。

（しかも、お相手は自国の貴族ではなく、あのエルトリア王国の方なのよね……）

エルトリア王国は山脈を挟み東に位置する隣国だ。

国力としてはライオルベルン王国に劣るが、歴史はエルトリア王国の方がはるかに長かった。

大陸全体でも一、二の長さの歴史を誇るエルトリア王国の貴族は、その積み上げてきた歴史に比例するように、とても気位が高いことで知られている。

隣国とはいえこちらとは細かく礼儀作法が違うし、少しでも隙（すき）を見せた場合、すぐさま見下されるはずだ。

「……歓迎式典は、どのような形で行われるのでしょうか？」

『玉座の間で彼らを迎え入れ、父上への謁見を見守る形だ。君にも、『獅子の聖女』としていくつか、言葉をかけてもらいたいそうだ」

「『獅子の聖女』として、ですか」

コーデリアはまだ、レオンハルトと正式な婚約は結んでいなかった。だからこそ王子の婚約者ではなく、『獅子の聖女』として、招待されたようだ。

（……それが、私への歓迎式典の招待が十日前というギリギリのタイミングになった、理由でもあるのでしょうね）

『獅子の聖女』と持ち上げられているが、コーデリアは弱小の伯爵家の出身。

先日ニニ誘拐事件を起こしたダレリアを筆頭に、コーデリアを快く思っていない人間も多かった。

しかし今やそのダレリアも離宮へと軟禁され、ダールズ公爵家は王家に逆らえない立場だ。

おかげでコーデリアがレオンハルトの婚約者になるための、国内最大の障害は無くなったと言えた。

（ダレリア様の一件は公にはされていないけど……。離宮への軟禁や、ダールズ公爵家の王家へ納める税収の額の変更手続きなどで、人や物が動き痕跡が残るわ。おそらくエルトリアの方たちも、どこかでその情報を掴んだのでしょうね）

エルトリアとこの国の関係は悪くないが、隣国同士の定めと言うべきか、数十年も遡れば争いの爪痕があった。

現在でもエルトリアはライオルベルン内部に、何重もの情報網を持っているはずだ。

(そして彼らは、私がこのままレオンハルト殿下の婚約者となる可能性が高くなったからこそ、歓迎式典に私の出席を求めてきたんでしょうね)

コーデリアの人柄を直接見定め、価値を計ろうとするためだ。

不安はあるが、レオンハルトの婚約者になる以上、同じように試される機会は、何度だって訪れるはずだ。

コーデリアは逃げられないし、逃げたいとも思わなかった。

「……可能なら、私も出席したいと思います。私の、エルトリア王国の方を迎える際の作法について問題がないか、殿下に確認していただけませんか?」

「ふぅ、これでやっと、一通り目を通し終えたかしら」

分厚い書物を閉じ、コーデリアは軽く眉間(みけん)をもんだ。

蝋燭(ろうそく)の光が、書物に橙(だいだい)の光を落としている。揺れ動く火影に照らされているのは、ここ十数年のエルトリア王国の政治について書かれた文字列だ。

隣国のことだから、それなりに地理歴史については身につけていたつもりだったが……。

自分が知っていたのが、ほんの一部分でしかなかったと思い知らされていた。

いち伯爵令嬢であればそれで十分だっただろうが、レオンハルトの隣に立つには、まだまだ学ぶべきことが多かった。

（礼儀作法については、レオンハルト殿下から太鼓判がもらえたし、知識の方も付け焼刃だけど、どうにか詰め込めたわ）

ここ数日は、書物と睨み合いだった。

知識の習得は苦にならない性格だが、それでもさすがに、少し疲れてしまっている。

（それに、レオンハルト殿下にお願いしようとしていたことも、後回しになっているのよね）

コーデリアに負けず劣らず、レオンハルトも忙しそうにしている。

今はお願いごとをする時期ではないと、コーデリアは切り替えたのだった。

明日は体を休めつつ最終確認をして、明後日はいよいよ、歓迎式典当日になる。

失敗しないようにしなきゃ、と。

コーデリアが気合を入れていると、扉を叩く音がした。

「フェミナ殿下からお手紙が参りました」

「ありがとう。今読ませてもらうわ」

部屋に入ってきたハンナから手渡されたのは、小花が散らされた柄の可愛らしい手紙だ。

まだ拙さを感じる筆致で、フェミナの周りで起こった出来事がつづられていた。

「ふふ、新しい侍女の方とも、上手くやれそうね」

微笑ましい日常の報告に、コーデリアは唇を緩めた。

フェミナとはあれ以来、ニニを一緒に可愛がったり、手紙のやりとりをしている。特別なことは無い交流だけれど、王女であるフェミナにとっては、それも新鮮で楽しいようだ。嬉しかったこと、大変だったこと。

何枚にもわたって、日々のあれこれといったことを、コーデリアに書いて寄越していた。

「『明後日の歓迎式典の準備で、今日はすごく大変だったわ』、か……」

どうやらフェミナの方も、礼儀作法の確認に苦労しているようだ。

その苦労、大変よくわかります、と。

コーデリアは筆をとり、返信をしたためていったのだった。

◇◇◇◇◇◇◇◇◇◇◇◇◇◇◇◇◇◇◇

翌々日、コーデリアがまとっていたのは、白絹の華やかなドレスだった。

(豪華な衣装にも慣れてきたつもりだったけど……。それでもこのドレスは格別ね)

『獅子の聖女』としての正装、一張羅にあたるドレスだった。

光を放つような純白の絹が、コーデリアの体にあわせ仕立てられている。金銀の刺繍が咲き誇り、星のように煌めきを放つ。首筋には金の鎖が輝き、歩くたびにシャラシャラと音を立てていた。

髪型はアップだ。顔の横に一房ずつ垂らし、残りは真珠の粒で飾り持ち上げている。頭上には薄くけぶるようなヴェール。歩みに合わせ、ふわりと風になびいていた。

全身が白と金で飾られた、『獅子の聖女』の名に恥じない装いだ。

（豪華な見た目の割に着心地は良くて、動きやすいし歩きやすいのだけど……）

それが逆に、コーデリアの体を強張（こわば）らせていた。

しっかりと体に馴染（なじ）むこの服は、高度な技術と高価な素材を、惜しげもなく使った一品だ。

当然、値段はかなり張っていて、コーデリアとしては恐ろしい限りだったが、こういう服にも慣れないといけないのだった。

これから先何度も、着飾る機会は訪れることになる。

弱小伯爵家の令嬢としては恐れ多いが、着こなさなければならなかった。

コーデリアは不安を誤魔化すように、ヴェールを軽く握った。

今いるのは王宮内にある、王家に用意された化粧室だ。外に出れば多くの目に晒（さら）され、弱気を見せることは許されなかった。

コーデリアは心を落ち着けると、侍女のハンナを連れ扉へと向かった。

歓迎式典の行われる玉座の間は、中庭に面した回廊を通った別の建物にある。その建物の前でレオンハルトと合流し、ともに玉座の間へ入る予定だ。

背筋を伸ばし、しっかりと。

ヴェールが綺麗（きれい）になびくように、一定のリズムで足を進めていく。そのままコーデリアは回廊に出ると、わずかに目を眇（すが）めた。

今日は良く晴れている。

柱の影が落ちる道を、ハンナを連れ歩いていると、

「っ⁉」

ごう、っと。

中庭から突如、強い風が吹き込んできた。

思わずコーデリアが目をつぶると、頭部に鋭い痛みが走り、耳元でばさりと音がした。

「ヴェールっ‼」

咄嗟(とっさ)に伸ばした指先をすり抜け、ヴェールが宙を舞った。

「待って‼」

ハンナが追うが、ヴェールは風に乗り勢いよく遠ざかっていく。

コーデリアも走りたいが、王宮でこの格好では無作法にあたった。やきもきと見守っていると風がかき消え、ヴェールが落下を始める。

(間に合わないっ‼)

純白のヴェールが、地面へと落ち汚れてしまう。

コーデリアの焦りは、しかし実現することはなかった。

「ふん、ずいぶんと不注意な女だな」

白い服を着た青年が、ヴェールを手で掴んだ。

間一髪、どうにかヴェールの先端が、地面につく前に間に合ったようだ。

「ありがとうございます。おかげで助かりました」

コーデリアは胸を撫(な)で下ろし、青年へと礼を告げた。

白い詰襟(つめえり)の上着をきっちりと着こなしている。この上着はおそらく、エルトリア王国の軍人だ。

ここ数日学んだ知識の通りの姿が、今コーデリアの目の前にあった。

今日の歓迎式典の出席者だろうか？

肩口で切り揃(そろ)えた金の髪はよく手入れされていて、育ちの良さを感じさせた。

「風に飛ばされ困っていました。そちらのおかげで、土で汚れずに済んだようです」

事情を説明するも、青年はヴェールを掴んだままだ。

険しい視線で、コーデリアの全身を眺めた。

「おま……あなたが、『獅子の聖女』コーデリア様だな？」

一応、辛うじて敬称をつけられたが、あたりの強い口調だ。

ヴェールを返すことなく、不躾(ぶしつけ)な視線をコーデリアへと送っている。

敵視されているのだろうか？

警戒心を上げつつ、コーデリアは社交用の笑みを浮かべた。

「はい。私がコーデリアです。そちらのお名前をお聞きしても？」

「フランソワ・ブランソワーズだ」

ブランソワーズ。

隣国エルトリアの軍事中枢の一角を占める、公爵家の名前だった。

（ブランソワーズ家のフランソワ様ということは、この国の駐在武官第一隊の副隊長ね）

コーデリアが様子をうかがっていると、フランソワが鼻を鳴らした。

「ふん、あなたが『獅子の聖女』、か。尋ねておいてなんだが、にわかには信じられない話だな」

「嘘ではございません。不肖の身ですが私は確かに、『獅子の聖女』と呼ばれておりますわ」

コーデリアが主張するも、フランソワの胡乱げな視線は消えなかった。

「ならばいったい、『聖獣』とやらはどこにいるのだ？　あなたは『聖獣』を従え加護を得ていると聞く。『聖獣』に指示を出すなり加護を使うなりすれば、ヴェールが風に飛ばされても、すぐに回収できたのではないか？」

「……『聖獣』様はこの国を守る、とても貴い存在です。そのお力をそう安々と、行使することはできませんわ」

『聖獣』とは、獅子の姿に変じたレオンハルトその人だ。

コーデリアが自由に呼び出せるわけがなかった。

「ずいぶんと使い勝手が悪いんだな。いざという時に使えない力など、宝の持ちぐされではないか？」

「いざという時、ですか」

フランソワの言い分に、コーデリアは思い当たることがあった。

確かめるべく、一歩踏み込むことにする。

「いざという時、というのはこういった、嫌がらせにあった時のことでしょうか？」

「……なんだと？」

フランソワの眉が跳ね上がった。

「おい、それはどういうことだ？」

「言葉通りの意味です。先ほど吹いた風、いささか不自然でした。あれはきっと、魔術で生み出された風でしょう？」

「……」

フランソワが、眉間を険しくして黙り込んだ。

コーデリアの学んだ知識によれば、彼は風属性の魔術を使い軍務に当たっているはず。

エルトリア王国の貴族は、約三割ほどが魔術を使用可能だ。家格の高い上位貴族であるほど魔術師の割合は高く、公爵家の人間であるフランソワも、当然のように魔術師だった。

「エルトリアの方はご存知ないかもしれませんが、この季節の王都は、気候がとても穏やかです。今日は雲の流れも遅いですし、滅多に強い風は吹きませんわ」

「それくらいは知っている。僕はもう一年以上、この国に住んでいるからな」

馬鹿にされたと感じたのか、フランソワが反論してきた。彼は今日歓迎される対象の軍人ではなく、それを迎え入れる側の人間として出席するのだ。

「僕は風を操る偉大な魔術師だ。この国のことだって学んでいる。そんな僕に諭そうとするなんて、あなたは恥ずかしいと思わないのか？　自然の風かそうじゃないかくらい、僕なら簡単にわかるさ」

「では、先ほどの風は不自然なものだったと、あなたもそう認めるのですね？」

「……さあな」

ぷいとフランソワが視線をそむけると、おかっぱが肩の上で揺れ動いた。

不機嫌さを表すように、つま先でとんとんと地面を叩いている。

「どっちにしろ、たいした問題にはならないだろう？　どこかの誰かが、ちょっと風の魔術を使った。その風が運悪くそれて、あなたのヴェールが風に舞った。それだけのことじゃないか」

「ヴェールが地面に落ち、汚れていたかもしれません」

「僕のおかげで、そうはならなかったじゃないか。それとももしかして、僕が犯人だと疑っているのか？」

馬鹿馬鹿しい、と。

フランソワは大仰な身振りで頭を振った。

明らかに、コーデリアは舐められている。

先ほどの風、一番怪しいのはフランソワだったが、誰が魔術を使ったかというのは、使用現場を押さえなければ証明が難しい。

コーデリアは腹立ちを抑えながら、フランソワへと手を伸ばした。

「そちらの言い分はわかりました。歓迎式典の開始時刻も迫っていますし、犯人探しについては、また後に回そうと思います。なのでとりあえず、そのヴェールを渡していただけませんか？」

「断る」

「……どういうことでしょうか？」

「うっかり、またヴェールが風に飛ばされたら大変だろう？　式典会場に着くまで、僕がしっかり持っていてやろう」

「ご心配なく。返してください」

繰り返し催促するも、フランソワはヴェールを返さなかった。

（……嫌がらせ？　それにしては稚拙な……）

フランソワは、ひょいとヴェールを頭上に持ち上げている。

男性としては小柄だが、それでもコーデリアや、ハンナよりは背が高い。

簡単には手が届かず、ヴェールが空しく揺れるばかりだ。

どうするべきだろうか？

式典の前にあまり事を荒立てたくないと、コーデリアが決断を迷っていると、

「そこで何をしている？」

赤い服をまとった厳つい男性が、こちらへと近づいてくる。

見上げるほどに背が高く、結構な威圧感があった。

「な、なんだおまえは突然に？」

フランソワも圧力を感じているのか、腰が引けた様子だ。

ヴェールを手放そうとはしなかったが、一歩後ずさりしている。

コーデリアもフランソワと同様に、大柄な男性に注意を奪われていた。

「よし、もーらいっと」

「なっ!?」

叫び声に、フランソワの方を振り向く。

新手の青年がヴェールを手に笑っている。

ややくすんだ赤色の、銅を思わせる頭髪の青年だった。

「おまえ何するっ⁉」

「はは、遅い遅い」

フランソワをするりと躱すと、青年は大柄な男性の隣に立った。

追いすがろうとしたフランソワだが、男性の迫力に負けたたらを踏んでいる。

「おまえたち、この国に駐在する帝国の軍人か⁉」

「ご名答。初めましてかな？」

眼差しを険しくするフランソワに対し、青年は明るく笑ったままだ。

赤に黒の組み合わせの軍服は近年勢いの目覚しい、リングラード帝国軍人の証だった。青年は軍人らしくない柔らかな雰囲気だが、しっかりと詰襟の軍服を着込んでいる。

実力主義を掲げるリングラード帝国は、血統主義を是とするエルトリア王国と仲が悪い。

そんな険悪な両国の関係を象徴するかのように、フランソワと青年たちは相対していた。

「しかしおまえ、単純だな。ちょっと大柄で迫力がある人間が近づいてきたからって、あっさり視線を奪われるなんて、軍人失格じゃないか？」

「ぐっ、このっ‼」

からかわれ、フランソワがいきり立つ。

今にも反撃したそうだが、壁のような大柄の男性に、二の足を踏んでいるようだ。

（魔術が使えても、この近距離じゃ不利だものね）

魔術には詠唱が必要だ。

高位の術者であれば詠唱を切り詰めることも可能だが、近距離では致命的な隙になりやすい。

フランソワもそれがわかっているのか、手出しできないようだ。大柄な男性を前に後ずさる姿は、虚勢を張る小型犬そのものだった。

「くそっ!!　魔術一つも使えないくせに、無駄に大きな体で邪魔しやがって!!」

「へぇ？　なら俺が魔術師なら、素直に引き下がるっていうのか？」

「ふん、使えるものならな」

フランソワが言い放った。

エルトリアの貴族を除き、魔術を使える人間はほんの一握りだ。軍人であっても、実用レベルで魔術を使えるのは、百人に一人いるかいないかといった割合だった。

「どうせお前たち帝国軍人の大部分は、魔術なんて使えない貧弱だろう？」

「言ってくれるなぁ」

青年は全くこたえた様子もなく笑うと、ヴェールを大柄な男性へと預けた。

両手を合わせ、何やら唱え始める。

「なんだその詠唱は？　いったいどんな魔術を、っ!?」

青年が両手を広げると一輪の花が現れた。

鮮やかな青い花弁を目にし、フランソワが動揺している。

「た、たったそれだけの詠唱で、植物を生み出したのか⁉」

「すごい……！」

フランソワのみならず、コーデリアも驚いていた。

魔術は風や炎といった一時の現象を起こすのは得意だが、整った形あるものを作り出すのは苦手だ。草花を生み出すのは、それなりの高位魔術であるはずだった。

「どうだ？　これでもまだこちらに噛みついてくるか？」

青年が花を、剣を構えるようにフランソワへと向けている。

フランソワは冷や汗を浮かべ、顔を引きつらせていた。

「うっ……。くそっ‼　覚えていろよ⁉」

捨て台詞を投げると、一目散に逃げていった。

「みごとな小物っぷりだな」

青年の言葉に、コーデリアも同意し頷いた。

すると視線が合い、にっこりと笑われてしまう。

青年のくすんだ赤毛が揺れ、アンバーの瞳へとかかっている。年頃はレオンハルトより、いくつか上といったところだ。

様子をうかがっていると、すいと花を差し出された。

「美しい花は美しい人へ、なんてな。受け取ってくれるか？」

「えっと……」

いきなりの贈り物に、コーデリアは戸惑ってしまった。

「もしかして、魔術で作られた花を見るのは初めてかな？　花が動いたり噛んだりしないから、安心してくれていいよ」

「あの、そうではなくて、それ、魔術ではないですよね？」

コーデリアが指摘すると、青年が首を傾げた。

「どういうことだい？」

「私、見ました。あなたが詠唱する……フリをする前に。ヴェールで隠すようにして、何か手を動かしていましたよね？」

「へぇ？」

感心したように青年が花の茎を持ち、くるりと一回転させた。

「よく見てるんだな。感心したよ」

「それ、私のヴェールですから、目が離せなかったのです」

コーデリアは淡く苦笑した。

ヴェールの送り主は王家、元を辿れば国民の血税だ。

平民一家の一年の食費の、何倍も値段が張るヴェール。どうなるか気が気でなくて、青年を見ていたのだ。つい先日、コーデリアも呪文を唱えるフリをして聖剣をかざしたから、より気づきやすかった。

「花を出現させた、詳しい仕組みまではわかりませんでしたが、魔術ではありませんよね？　魔術じゃなく奇術、手品の類ですよね？」

花に手を伸ばし、コーデリアはしばし観察した。

見た目はごく普通の青い花だ。細工らしきものは見当たらず、手品の種が気になった。

「どんな方法で、花を手元に持ってきたんですか？」

「はは、そこは秘密だよ。奇術師自ら種明かしをするほど、興ざめなものはないだろう？」

「確かに、それはそうです――――わっ⁉」

しげしげと花を見ていたコーデリアの視界をヴェールが遮った。

頭からヴェールを取り去ると、既にそこに、青年と男性の姿はなかった。

コーデリアがヴェールに目を覆われている間に、素早く退散したようだ。

「……あの人たち、何がしたかったのかしら？」

フランソワを追い払い、ヴェールを返してくれたのはありがたい。

しかし名前も聞けずじまいで、目的もいまいち謎だった。

気になるが……歓迎式典まで既に時間が残されていないようだ。時間には余裕をもって出てきたが、だいぶ足止めを食っている。

コーデリアは花をハンナへ渡すと、式典会場の玉座の間へと向かったのだった。

◇◇◇◇◇◇◇◇◇◇◇◇◇◇◇◇◇

「レオンハルト殿下、お待たせいたしました」

コーデリアが待ち合わせ場所へ向かうと、レオンハルトが正装で立っていた。

すらりとした長身を、白い礼服が引き立てている。襟や袖口（そでぐち）には気品を感じさせる深い赤が配され、金の縁取りが華やかに彩っていた。指先まで隙なく、絹の手袋で覆われている。

縁取りの金よりもなおまばゆい金の髪が額へと落ちかかり、切れ長の碧眼（へきがん）は凛々（りり）しくも穏やかな光をたたえていた。

何度見ても、本当に美しい姿だ。

コーデリアの鼓動が速まり、反対に足が鈍った。

レオンハルトの周囲にはキラキラと光が見えるようで、隣に立つのに気が引けるほどだ。

最近ようやく、豪華な装いにも慣れてきたと思ったが、この調子ではいつまで経（た）っても、レオンハルトの前で平気でいられないかもしれない。

「コーデリア、どうしたんだい？」

レオンハルトが隣に立ち、顔をのぞき込んでくる。

頬（ほお）が赤くなりそうになり、コーデリアは顔を背けた。

「……ちょっと、こちらに来る前に。エルトリア王国の軍人の方に、絡まれてしまったんです」

「エルトリア王国の軍人に？」

レオンハルトの声が低くなった。

「なるほど。ヴェールはそのせいだったんだな」

「……ヴェールと髪の毛、まだ乱れていますか？」

不安になり、コーデリアはヴェールへと手をやった。

慣れない服装で歩いているうちにまた、乱れが出てしまったのかもしれない。

「すみません。みっともない姿を見せてしまって。すぐに物陰で直して、っ!!」

さらり、と。

頭上へレオンハルトの指が触れている。

優しい手つきだが、それ故にくすぐったくてこそばゆく、落ち着かなくなってしまう。

「つむじの近くが、少し跳ねているだけだ。間近で上から見なきゃ気づかないよ。今直すからじっとしていてくれ」

「殿下の手を煩(わずら)わせるなんて……」

「心配しないでくれ。昔、フェミナが小さい頃は、たまに髪を直してやったから慣れてるんだ」

「……はい」

殿下はいいお兄ちゃんだったんですね、と。

コーデリアは感心しながら、恥ずかしさを紛らわせた。

（ん？　そういえば待って。私、仔(こ)獅子姿の殿下を、何度も何十回も頭を撫でているけど、殿下は照れたりしないのかしら？）

獅子の姿になると、そこら辺の感覚も変わるのだろうか？

コーデリアが素朴な疑問を浮かべていると、レオンハルトの指が離れていった。

「よし、これで終わりだ。ますます綺麗になったよ。このままずっと、見ていたいくらいだ」

「……ありがとうございます」

今度こそ誤魔化し切れず、コーデリアは顔を赤くした。

近くにいるだけで心臓が高鳴るのに、レオンハルトはいつも、まっすぐにこちらを褒めてくる。そのたびにコーデリアは、赤くなることしかできないのだった。

（平常心、平常心……）

コーデリアは心を落ち着けながら、レオンハルトと歓迎式典の会場へと入ったのだった。

歓迎式典は、予定通り始まりを告げた。

広々とした玉座の間の最奥には、ライオルベルン国王が堂々たる体躯で腰かけている。息子であるレオンハルトはその右に立ち、コーデリアはそこから更に二歩右へ、一歩後ろに下がった位置に控えている。

正式なレオンハルトの婚約者ではないが、それに近しい立場にあることを表す立ち位置だ。

（こうして見ると壮観ね）

国王やレオンハルトらの前には、百人以上の人間が並んでいる。

エルトリア王国の駐在武官の歓迎式典ということで、出席者は軍人が多かった。

玉座から見て右側には、ライオルベルン王国の軍人と文官たち。

そして左側には、エルトリア王国出身の軍人たちが整列している。中には先ほどコーデリアともめた、フランソワの姿もあった。金のおかっぱ頭で、すました顔をして立っている。先ほどコーデリアからヴェールを奪おうとしたことなど、なかったような顔をしていた。

（フランソワ様は確か、エルトリアの駐在部隊・第一隊の副隊長だったわよね？　ということはその前に立っている茶髪の方が、第一隊の隊長ね）

聞いていた名前と役職を、顔と結び付けていった。

エルトリアの駐在武官は、三隊に分かれ任務にあたっているらしい。

今回新たにやってくる駐在武官、歓迎式典の主役は、第三隊の隊長らしかった。

コーデリアが情報を復習している間にも式典は進み、主役が入場してくる。

玉座の間は広く、入り口まではそれなりに距離があった。コーデリアの目にはまだその人物はよく見えなかったが、式典会場がざわつくのは感じられた。

どうしたのかと目を凝らし、こちらへと進んでくる人影を観察する。

（……あぁ、確かにこれは、ざわつくのもよくわかるわ）

コーデリアは一人納得した。

新たにやってきた駐在武官は、とても美しい青年のようだ。

銀の髪を顔の左右に流し、すっきりと秀でた額を出した髪形だ。身長も高く、おそらくレオンハルトと同じくらいありそうだった。

軍人にしては線が細く、剣を振るうより背後に花を背負うのが似合いそうな顔立ちをしているが、白の軍服がとても様になっていて、筋肉は鍛えられているようだ。

青年はマントを翻(ひるがえ)し歩を進めると、玉座の正面、定められた位置で立ち止まり敬礼する。

「エルトリア王国駐在武官、ベルナルト・グラムウェル。わが剣と名にかけ、本日より貴国での任務に就かせていただこう」

良く通る声で、青年が名乗りを上げた。

国王の前でも臆することなく、姿勢よく背筋を伸ばしている。

ベルナルト・グラムウェル。公爵家の次男であり、二年前にエルトリアとその隣国との間で勃発した争いで戦果をあげた、若き英雄でもあった。

生まれといい経歴といい、ついでにその外見といい、なかなかに華々しい青年だ。

さすが、二十代前半という若さで一部隊を任せられる人間ということだろうか。

ベルナルトは国王との対話を終えると、次にレオンハルトの元に足を進めた。

(二人が並ばれると眩(まぶ)しいわね……)

空間が光り輝くようで、圧力さえ感じるほどだ。

レオンハルトは朗らかに明るく、ベルナルトはあまり表情を変えず礼儀正しく、互いを讃(たた)えつつ挨(あい)拶(さつ)を交わしていた。

レオンハルトが終われば、次は第二王妃への挨拶で、その次がコーデリアの番だ。

コーデリアが気を引き締めていると、第二王妃からこちらへ、ベルナルトが視線を向けてくる。

アメジストを思わせる紫の瞳が、まっすぐにコーデリアを射貫いた。

『あなたが、『獅子の聖女』コーデリア殿か。高名なる聖女様にこうしてお会いできるとは、身に余る光栄だな」

「こちらこそ、『雷槍』の二つ名を持つベルナルト様にこうしてお目にかかれた、望外の幸運を噛みしめていますわ」

『ありがたいお言葉だ。稀なる幸運に甘え、一つ質問をしてもよろしいか？」

「何でしょうか？」

コーデリアは内心身構えた。

つい先ほど、目の前のベルナルトと同じエルトリア王国の軍人、フランソワに絡まれたばかりだ。

ベルナルトは何を言い出すのかと、つい警戒心が高まってしまった。

「コーデリア殿は、『聖なる獅子』の加護を得られているのだよな？」

「はい。『聖獣』様が姿を現すと人目を惹きすぎてしまうため、今は隠れていただいておりますが、いつも陰に日向に、私のことを見守ってくださっています」

コーデリアが話したのは、『獅子の聖女』と呼ばれるようになって以来、もう何度も口にした言葉だ。

『『聖獣』様は誇り高く気難しいところがあるので、普段は姿を隠している』

という言い訳、もといい設定で、コーデリアおよびレオンハルトたちは押し通すと決めていた。

(……ベルナルト様はまさか、『自分を歓迎しているならこの場に『聖獣』を呼び出してみろ』なんて申し出をされたりしないわよね?)

まさか、とは思うが、ベルナルトは表情の動きが小さく、内心が読み取れなかった。

コーデリアが一人緊張していると、ベルナルトが口を開いた。

『聖なる獅子』を拝見できないのは残念だが、私が一番気になるのはコーデリア殿のことだ」

「……私の何をですか?」

「コーデリア殿はいかようにして、『聖なる獅子』に気に入られたんだ?」

ベルナルトが口にしたのは、これまたコーデリアが良く聞かれる質問だった。

コーデリアは緩やかな笑みを浮かべ、すらすらと言葉を紡いだ。

「残念ながら、『聖獣』様が私に目をかけてくださった理由はわかりません。わかるのはただ、『聖獣』様がこの国を守らんとする志を持ち、そのお力の一端を、私に与えてくださったことだけです」

それらしい言葉を並べておく。

実際のところ、コーデリアが『聖獣』つまりレオンハルトに気に入られたのは、『匂い(におい)のようなもの』が彼の好みに合っていたからだ。

色々な意味で、正直に伝えることはできない話だった。

ベルナルトは少し顔を伏せ、コーデリアの言葉を吟味(ぎんみ)しているようだ。

「……なるほど。コーデリア殿が強かったから選ばれたのではなく、加護を受けた結果、強力な力を得たということだな?」

ベルナルトの問いかけに、コーデリアは首を縦に振った。

「はい。そのような理解であっていると思いま――――っ!!」

瞬間、唇が引きつる。

体が強張り、喉（のど）で言葉が空回った。

（な、何これっ……!?）

心臓が痛いほどに鳴っている。

レオンハルトといる時ともまた違う、不規則で速い鼓動だ。

何事かと周囲をそっと見回すが、特に変わった様子は無かった。立ち並ぶ出席者たちは真面目（まじめ）に、あるいは興味深そうに、少しめんどくさそうに。コーデリアたちの様子を見つめているだけだ。

一体何が起こったのだろうか？

幸い、動揺は表には出ていなかったようだが、気のせいではなく動悸（どうき）は速いままだ。

コーデリアが混乱していると、

「ベルナルト殿」

よく耳に馴染んだ、けれどもいつもとは違う声色が鼓膜を震わせた。

「質問があるなら、代わりに俺が答えよう」

レオンハルトの口調は穏やかだが、コーデリアにはわかってしまった。

これは珍しく、レオンハルトが激す寸前の声だ。

ベルナルトを睨みつけるようにして、しばし無言の時間が流れた。

「……いや、質問はこれで終わりだ。お時間を頂戴し感謝いたそう」

レオンハルトの本気を感じ取ったのか、ベルナルトは引き下がることにしたようだ。一礼をすると、そのまま所定の位置まで下がっていった。

彼が何がしたかったのか不明だが、とりあえずコーデリアは内心、胸を撫で下ろしたのだった。

その後、歓迎式典はつつがなく進み閉会となった。

コーデリアも退席し、王家に用意された控室の長椅子に座り込んでいた。

「さっきのは一体……」

落ち着いてみると、どっと疲れた気分だ。

さすがに心臓の鼓動は落ち着いてきたが、先ほど感じた、正体不明の動揺が気持ち悪かった。

「コーデリア、入っていいかい？」

「レオンハルト殿下？　少しだけお待ちください」

髪が乱れていないか、ドレスに皺が寄っていないかを確認し招き入れる。

レオンハルトはハンナを部屋の外へ待機させると、コーデリアへと速足で近づいた。

「殿下、お疲れ様です」

「コーデリアの方は大丈夫かい？　まさかあの式典の場で、殺気をぶつけてくる人間がいるとは思わなかったよ」

「殺気？」

それはもしや、先ほどの動悸の原因だろうか？

心臓のあたりを押さえながら、コーデリアはレオンハルトへと問いかけた。

「ベルナルト様が？　でもあの時、他の人たちは普通にしていましたよ？」

「それは当然さ。あの時のベルナルト殿の殺気は、コーデリア一人に向けられていたからな」

「私一人に？　そんなことできるのですか？」

「できるよ。殺気、というのは、瞳の揺れや重心の動き、それにちょっとした体の動きが重なって生まれるものだ。その動きを自在に制御できれば、特定の一人に対して殺気を飛ばすことも、十分可能だからな」

「……それ、もしできるとしたら、かなりの達人なんじゃありませんか？」

コーデリアは呆然と呟いた。

レオンハルトがでたらめを言っているとは思わないが、にわかには信じられない話だった。

「あれくらい、俺だってできるぞ？」

「えっ？」

「あとヘイルートも、たぶん頑張ればできるはずだ」

「えぇっ!?」

コーデリアの口から、驚きの声が上がった。

ヘイルートがレオンハルトの密偵のようなことをしていたのは知っているが、そこまで武闘派だったとは予想外だ。

「殿下もヘイルートもすごいんですね……」

感心して言うと、レオンハルトがはっとした表情になった。

「……しまった。今のは忘れてくれ」

「……わかりました」

レオンハルトの願い通り、コーデリアは聞かなかったことにした。

ヘイルートにも色々と事情がありそうだが、本人のいない場で、これ以上聞くのは不誠実だ。

コーデリアは空気を変えるべく、脱線した話を戻すことにする。

「先ほど、私が感じたのがベルナルト殿の殺気だったとして、なぜそんなことをしたのでしょうか？」

「おそらく、試したかったんだろうな」

「何をですか？」

「『聖獣』の真相を、さ」

「……あぁ、なるほど」

コーデリアは納得がいった。

あの時ベルナルトとは、なぜコーデリアが『聖獣』に気に入られたのか知りたがっていた。殺気を飛ばすことで、コーデリアに何か剣術や武術の心得があるか試そうとしていたのだ。

（それに私が危機感を感じることで、『聖獣』が助けに姿を現すかも、という思惑もあったのかしら？）

ベルナルトの思考を推測し、コーデリアはげんなりとしてしまった。

『聖獣』について気になるのはわかるが、やり方が物騒すぎる相手だ。

「国王陛下もいるあの場で殺気を飛ばすなんて、一歩間違えれば大惨事です。ベルナルト様、非常識すぎませんか？」

「非常識だが……。一応加減はしていたと思うぞ」

「あれで、ですか？」

「現に俺以外、ほとんどの人間が殺気に気づいていなかったからな。……あの場には多くの軍人がいたにもかかわらず、だ」

「確かにそれは……。いや、でもそれでも、物騒には変わりないですよね？」

手加減されていたとはいえ、物騒極まりない相手だ。

先ほど感じた衝撃と動悸が、コーデリアには忘れられなかった。

「あぁ、それは間違いない。次にもし、ベルナルト殿が殺気をまとい君に近づこうとしたら、容赦なく斬ることにするよ」

レオンハルトの目は本気だった。

（殿下にここまで言わせるなんてて、ベルナルト様、要注意の相手ね……）

コーデリアは内心で、ベルナルトへの警戒心を強めた。

今後の彼への対応を、レオンハルトと一通り話し合った後。

「コーデリア、今日はこの後時間はあるかい？」

「何でしょうか？」

「父上と少し、話をしてもらえないか？」

「陛下とですか？」

コーデリアは目を瞬かせた。

今日の式典は、国防の任につく軍人の参加者も多いということで、手短に終わっている。国王の出番も既に終わってはいるはずだった。

「先ほどのベルナルト殿との件で疲れているなら、後日に回してもらうが……」

「大丈夫です。お話があるなら、本日伺っておきたいです」

頷くと、コーデリアは長椅子から立ち上がった。

国王からの話に、コーデリアにも心当たりがあった。予想が当たっていたら、それはコーデリアにとっても、望んでいた話のはずだ。

気を引き締め、国王の待つ執務室へ足を向けたのだった。

国王の待つ執務室に着くと、コーデリアは一人で入室するよう求められた。

レオンハルトは少し不安そうだったが、大丈夫だと言い残し扉をくぐっていく。

「コーデリア、よく来てくれたな。そこへ腰かけるといい」

「はい。失礼いたします」

ライオルベルン国王・バルムントの勧めに従い、コーデリアは長椅子へ腰を下ろした。

対面に座るバルムントは、御年四十九歳となる壮年の男性だ。

レオンハルトよりやや色素の濃い金色の髪を、ゆったりと後ろに撫でつけている。髪には白いものが混じり始めているが、まだまだ枯れた印象には遠い人物だ。レオンハルトの父親だけあり顔立ちは整っていて、往年の美しさを留めていた。

「今日は、ベルナルトの歓迎式典に出席してもらい大儀だったな。直接言葉を交わして、彼の印象はどうだった？」

「芯（しん）の通った、とても優秀な武人だと感じました」

答えつつもコーデリアは、慎重にバルムントの表情をうかがった。

金茶の瞳にはどこかいたずらっ子のような、こちらを試すような光がちらついている。

「陛下、失礼な質問かもしれませんが、一つお聞きしたいことがございます」

「なんだ？　遠慮はいらん。言ってみるといい」

「……では、失礼いたします。私は先ほどあの場で、ベルナルト様から殺気を向けられましたが……あれについては、陛下の指示したことではないでしょうか？」

先ほどレオンハルトは『ほとんどの人間が殺気に気づいていなかった』と言っていたのだ。

『ほとんど』ということは裏を返せば、ゼロでは無いということだった。

(それに、もし本当にあの場でベルナルト様が突発的に殺気を出したのだとしたら、レオンハルト殿下だってもっと怒っていたはずよ)

あの場には、国王でありレオンハルトの父である、バルムントも玉座に座っていたのだ。

国王の御前でなんの根回しも無く殺気を飛ばすなど、さすがに愚かすぎる話だ。

「陛下は手紙か何かでベルナルト様に、『歓迎式典でコーデリアに殺気を飛ばしてみろ』とおっしゃったのではないでしょうか?」

「はは、殺気を飛ばしてみろ、か。さすがにわしも、そこまでは言っておらんよ。『多少の非礼には目をつぶるから、コーデリアを揺さぶってみろ』と、そう伝えただけだ」

「……やはり、私を試したかったのですね」

カカと笑うバルムントに、コーデリアは軽く疲労を覚えた。

おそらくは、抜き打ち試験のようなものだ。

出題者はベルナルトで、解答者はコーデリア。採点はバルムントといったところだ。

式典の場で殺気を飛ばすベルナルトは物騒だが、バルムントもバルムントで、とても食えない性格をしている。

コーデリアが内心ため息をついていると、バルムントが笑い声を大きくした。

「ははは、試したいのはおまえだけではなかったぞ?　隣国より若き英雄が訪れると聞いたから、どれほどの器なのか、計ってやろうとしたわけだ。ベルナルト殿の方も、おまえや『聖獣』に興味を抱いていたようで、快く引き受けてくれたよ」

「……私やベルナルト様の動きに、ご満足いただけましたか？」

「うむ、おおかた満足だ。あれの反応といい、なかなか面白かったからな」

『あれ』とはきっと、レオンハルトのことだ。

息子まで観察対象にしていたとは、容赦ない父親だった。

それともあるいは、これくらい図太くないと、国王というのはこなせないものなのかもしれない。

大陸の中でも大国であるライオルベルンの国王を、バルムントは十年以上大過なく務めているのだ。

コーデリアの持つ尺度だけでは、計り切れない尊い身の上だった。

『先ほどのあれの顔を思い出すと笑えるが……今はまず、おまえとの話を進めようか」

ひとしきり笑い満足したのか、バルムントが真顔に戻った。

『改めて聞こう。おまえはレオンハルトの婚約者として、ゆくゆくは王妃として、生きていく覚悟はあるのだな？」

バルムントの問いかけに、コーデリアは一つ息を吸い込んで、

「はい。王太子妃として王妃として、レオンハルト殿下とこの先ずっと、共に歩んでいきたいと願っています」

はっきりと答えを返した。

王妃に自分が相応(ふさわ)しいのかどうか、まだ自信は持てないけれど。

それでもレオンハルトの隣で生きていきたいという、その思いだけは確かだった。

「共に歩んでいきたい、か」

顎髭に手をかけながら、バルムントが復唱した。

「あれの父親としては嬉しい言葉だが……。おまえはそれで後悔しないのだな？　あれの婚約者となろうと王妃になろうと、敵が完全にいなくなるわけではないと、理解しているのだな？」

むしろ、婚約者になってからが本番かもしれなかった。

王族の列に入る以上、潜在的な敵が多くなるものだ。

大きな力を持つ代償に、選択を間違えれば悲惨な未来が待っていた。

「完全ではないでしょうが、私も理解しているつもりです。私がレオンハルト殿下の隣で、敵対者の妨害に立ち向かっていけるかどうか。……それを見極めるために、ダレリア様の動きも、陛下は静観していたのではないでしょうか？」

「……さて、どうだろうな？」

バルムントはとぼけたが、コーデリアは八割がた確信していた。

あの時は陰謀慣れしたダレリアだけならともかく、フェミナも色々と動いていたのだ。それら全てを国王であるバルムントが知らなかった、などということはないはずだった。

バルムントは知っていて、あえて見逃したのだ。

ダレリアらの悪意に、コーデリアが潰されないかどうか。

興味を持って観察し、試していたのだった。

「……陛下が、私を試そうとしたのも当然だと思います。私が本格的にレオンハルト殿下と知り合ってまだ一年も経っていませんし、私の実家は弱小の伯爵家です。……王太子妃に相応しいかどうか、疑問を持つのが当たり前だと思います」

「はは、試したことを許してくれるのか？　ありがたい話だ。……あれには、幸せになってもらいたいからな」

深く椅子へと身を埋め、バルムントが静かに語った。

「わしは一度失敗している身だ。ザイードは傲慢だが、角が取れれば王の資質ありだと思っていた。……息子だからと、買い被りすぎだったようだがな」

「……」

返す言葉が見つからず、コーデリアは黙り込んだ。

コーデリアにとって、ザイードは命を狙ってきた敵で、国に害なす悪人でしかなかったが、バルムントにとっては、血を分けた子供なのだった。

「だからこそ、今度こそは慎重に、と。おまえを試させてもらったんだ。あれが王太子になる以上、あれの行く末と国の隆盛は切り離せなくなる。国王となるあれの隣に立つに相応しいかどうか、見極めさせてもらったよ」

「……私は、合格をいただけましたでしょうか？」

唾を飲み込み、コーデリアは恐る恐る問いかけた。

既にバルムントの中で答えは決まっているのだろうが、聞くのはやはり恐ろしかった。

「……合格だ。正直なところ、四度も婚約者に捨てられた令嬢と侮っていたが……。その四人が、救いようのない阿呆だったようだな」

おまえを逃すなどもったいない男どもだ、と、バルムントが呟いている。

「それともあるいは、おまえを選んだあれの『鼻』を誇るべきか」

レオンハルトの『鼻』。

つまり、先祖返りの異能である『匂いのようなもの』を嗅ぎ取る力だ。

バルムントはレオンハルトが獅子の姿に変じられるのを知っている以上、その『鼻』についても把握していて当然だった。

コーデリアが頭の中で情報を確認していると、バルムントが正面から見つめてきた。

「コーデリア・グーエンバーグ。おまえを、あれの婚約者として認めよう。二か月後に行う立太子の儀と同時に、おまえを王太子の婚約者として、正式に認めるつもりだ」

バルムントの言葉に、コーデリアは背中を震わせた。

これで正式に、レオンハルトの婚約者と認められることになったのだ。

期待と喜び、誇らしさ。そして不安と重圧。

胸の中に渦巻く感情に押し潰されそうになりながらも、コーデリアはバルムントへと礼をし、執務室を出たのだった。

「コーデリア、父上との話はどうだった？」

レオンハルトが駆けつけてくる。

彼に向って、コーデリアは笑みを浮かべて見せた。

「二か月後の立太子の儀と同時に、私を殿下の正式な婚約者にしていただけるそうです」

「やったな！　だが、二か月後か……」

レオンハルトは喜び、ついでわずか、その美しい顔を曇らせた。

「殿下、どうされたのですか？　正式な婚約までの期間が短くて、準備が間に合うかどうか、懸念があるのでしょうか？」

「いいや、違う。むしろ逆だよコーデリア」

翡翠の瞳が、じっとコーデリアを見つめた。

（こうして正面から見ると、やはり親子だけあって、陛下と似ているのね）

赤くなりそうな顔を誤魔化すように、ぼんやりとそんなことを考えた。

「二か月は長いよ。すぐにでも正式な婚約者として扱いたいのに、まだお預けだからな」

「お預け……」

まるでまたたびを前にして、制止された猫のようだった。

湧き上がる熱がくすぶる瞳が、コーデリアにまっすぐに向けられている。

「殿下、そんなに焦らないでください。私は殿下の、その……殿下だけの、またたびですから」

コーデリアの声が小さくなっていく。思いを言葉にしている途中で、恥ずかしくなってきたからだ。

それでも最後まで言い切ったが、レオンハルトからの答えは返ってこなかった。

「殿下？」

「…か…い……すぎる……」

コーデリアを見つめ、レオンハルトが固まっている。

「どうされたのですか？」

「……やはり二か月は、長すぎるなと思ったんだ」

額に手を当て、幸せそうで同時に不満そうな、複雑なため息を漏らした。

「すぐにでも、君に婚約者として触れたいが……。今はこれだけだ」

「っ!!」

手の甲が持ち上げられ、口づけが落とされた。

小鳥が羽をかすめたような軽い感触。

だがコーデリアには、唇の触れた箇所がどんどんと、熱を帯びていくように感じられた。

今でさえこれなら、正式な婚約者になったらどうなってしまうのか少し怖くなってしまう。コーデリアは早鐘を打つ心臓を押さえながら、話題を転換することにした。

「……陛下には、先ほどのベルナルト様の件もお聞きしました。やはり陛下が、一枚噛まれていたようです」

「そうだったのか……」

蕩けていたレオンハルトの瞳が、鋭さを取り戻した。

今はコーデリアに合わせて、雰囲気を切り替えてくれたようだ。場所を彼の私室へと移し、少し詳しい話をする。

『今日はすまなかったな。式典の場で、父上が何か君を試そうとしているのは勘づいていたが……。まさかベルナルト殿が殺気を飛ばしてくるとまでは読めず、怖い思いをさせてしまったようだ』

「殿下は、私を守ろうとしてくれました。それだけでもう十分です」

「……君は優しいな。だが、俺が不満なんだ。君を脅かすものなど視界に入れさせたくないのに、失敗してしまったからな」

レオンハルトが肩を落とした。

演技ではなく、本気で落ち込んでいるようだ。

〈もしかして、さっきヘイルートのことについて口を滑らせたのも……〉

レオンハルトなりに焦り、動揺していたせいかもしれない。

コーデリア本人よりずっと、レオンハルトはコーデリアの身を案じてくれているのだ。

まっすぐな愛情に、全身が温かくなっていく。

「……殿下、ありがとうございます。でも私は、殿下の正式な婚約者になる以上、自分である程度、身を守れるようになりたいのです」

レオンハルトが、コーデリアのことを大切に思ってくれるからこそ。

政治的な圧力にも直接的な暴力にも屈することなく、レオンハルトの隣に立っていたかった。

「ですので殿下、可能であれば私に、剣術か護身術の指南をしていただけませんか？」

「剣術か護身術……？」

「はい。万が一の際、襲ってきた相手を倒すことは無理でも、時間稼ぎくらいはできた方が、殿下にも安心してもらえるかと思うんです」

そう何度も襲われたくはないが、王族やその関係者には危険が付きまとうものだ。身を護る術を学びたい、と。

この前、ニニの誘拐事件の時から密かに、提案する時期をうかがっていたところだ。

（護身術もその他にも、私にはまだまだ、足りない能力ばかりだもの……）

こちらを思いやってくれる、レオンハルトの気持ちはとても嬉しい。

だが同時に、消せない劣等感の火が、コーデリアの胸にくすぶっている。

優秀な彼の足手まといになどならないよう、できる努力はしておきたかった。

「付け焼刃になるかもしれませんが……いかがでしょうか？」

「そうだな、君の華奢な腕に、重い剣を持たせるのは気が進まないが……」

レオンハルトが考え込んでいる。

「だが、一理あるな。確かにそちらの方が、俺も安心できそうだ。せっかくだしまず君には、聖剣を装備してもらうところから始めようか」

「……はい？」

思いもよらない提案に、コーデリアは聞き返してしまった。

聖剣。レオンハルトが自在に体から出し入れする、黄金に煌めく長剣だ。

コーデリアも幾度か、必要に駆られて握らせてもらったことはあるが、本来はライオルベルン建国より受け継がれる国宝だった。

そんなありがたすぎる聖剣を「はい、これ装備して」と気軽に手渡されてしまい、コーデリアの頭は混乱を極めた。

「殿下、何をなさるのですか？　これは殿下の、ひいては国の至宝です。自分用の剣の一本くらい、こちらで調達しようと思います」

聖剣を返そうとするも、レオンハルトは頑として受け取らなかった。

「俺には、普段から使っている鋼の愛剣があるから問題ない。この前、ニニの誘拐事件の時に俺が振るっていたの、コーデリアも見ていただろう？」

「はい。あの時の殿下は、とてもかっこよくて――ではなくて！」

にこにこと話すレオンハルトのペースに巻き込まれかけ、コーデリアは我に返った。

「殿下、なぜですか？　私の剣術練習に聖剣を使うなんて、もったいないにもほどがあると思います」

コーデリアは剣術に関して、素人（しろうと）もいいところだ。

豚に真珠という言葉が、頭から離れなかった。

「その聖剣、切れ味はいいのに重さは無くて便利だぞ？　刀身の長さを縮めて短剣のようにして持ち歩けるし、護身具としてぴったりじゃないか」

「国宝が護身具は無理ですよ殿下……」

うっかり刃（は）こぼれでもさせた日には、自責の念で胃がねじれそうだ。

コーデリアは抵抗するも、レオンハルトは意に介さないようだった。

「聞いてくれ。他にも利点はあるんだ。君が訓練すればおそらく、魔術師のように炎を操ることができるようになるはずだ」

「……私が、炎を？」

「そうだ。この聖剣は、俺の力の一部でもあるんだ。俺が認めた君ならば、ある程度自由に力を引き出し、炎を操れるようになるはずだよ」

「本当にそんなことが？」

コーデリアはじっと、まばゆい刀身を見つめた。

自由に炎を操ることが可能なら、女性であるコーデリアが剣を振り回すより、ずっと強力な武器になるはずだ。護身術の観点からすると、悪くない選択なのは確かだった。

（それに何より、笑顔で押してくる殿下には勝てないものね……）

たとえば、二人きりの部屋で、コーデリアを甘やかそうとする時。

たとえば、新しいドレスを贈られ、着てみて欲しいと頼む時。

いつもレオンハルトは笑顔で、しかし決して引かなかった。

そのことをよく知っているコーデリアは抵抗を諦め、素直に聖剣を貸してもらうことにする。

「ではありがたく、お借りしますね。……万が一にも折ったりしないよう、気をつけたいと思います」

もし折ったりしたらら、とても賠償できませんから、と。

おっかなびっくり、コーデリアは聖剣を握りしめたのだった。

4章 「聖剣を使おうと思います」

レオンハルトに押し切られたコーデリアは、毎日聖剣を身につけることになった。

聖剣は柄、刀身ともに短くなっており、短剣ほどの大きさになっている。重さもほぼ無に等しいため、簡単にドレスの中に隠し、持ち歩くことが可能だ。

「あたたかい……」

短剣に手をかざすと、ほんのりと熱を感じた。握っている時には熱さを感じないが、鞘に入れ机の上に置いてあると、じんわりと熱が放射されている。

炎を操る力が、じわじわと漏れ出しているのだろうか？

柄を手にし、コーデリアは首を捻った。

聖剣というだけあって、なかなかに不思議な存在だ。レオンハルトから預けられて五日間。常に身につけていたため馴染んできたが、まだまだわからないことも多かった。

（殿下は聖剣が無くても炎が操れると言っていたけど、それなら聖剣の存在する意味ってなんなのかしら……？）

建国伝説を今に伝える国宝ではあるが、実用面は謎だ。

刃を矯めつ眇めつしながら、コーデリアは疑問を浮かべていた。

今日はレオンハルトが公務の合間をぬって、この屋敷を訪れる予定だ。

聖剣についても色々、レオンハルトに聞いてみようと思っている。

気になる点を整理し待っていると、自室の窓を叩く音が聞こえた。

「ぎにゃっ‼」

ぺしぺしと、仔獅子が窓を叩いている。

ガラスに肉球を押し付け、とても可愛らしかった。

「殿下、いらっしゃいませ。今日はお土産も持ってきてくださったんですね」

仔獅子は背中に、ハンカチ包みを背負っている。

中身はきっと、コーデリアの好きなお菓子だ。ハンカチ包みを外してやると、身軽になった仔獅子がこれ幸いと甘えてきた。

「にゃにゃっ！　うがうにゃっ‼」

ふわふわとした頭を、コーデリアの手へと擦りつけてくる。

求めに応じ撫でてやると、うっとりと目を細めた。

ごろごろと喉を鳴らす様子は、ご主人様大好きな猫そっくり。尻尾の先端がぱたぱたと振られ、とても上機嫌のようだった。

「……にー」

コーデリアと仔獅子の間に、ニニが滑り込んでくる。

仔獅子を撫でる姿に、嫉妬しているようだった。

「……残念、今日はここまでか」

光が放たれ、人間の姿のレオンハルトが現れた。

ニニがやってくると、レオンハルトの仔獅子の時間は終わりだ。

コーデリアの飼い猫であるニニを尊重し、譲ってやっているのだった。

「コーデリアの愛猫一号は、ニニの方だからな」

「愛猫一号……」

一号ということはつまり、二号もいるというわけで。

「……殿下は私の、愛猫二号では無いと思います」

「えっ……!?」

レオンハルトが愕然とした様子で呟く。

いつも余裕のある彼には、珍しい様子だった。

「俺では、コーデリアの愛猫には不足なのか……？」

「殿下を猫扱いするなんて、私にはとても無理です」

恐れ多いのもあるが、それ以上に切実な理由がコーデリアにはあった。

「殿下は仔獅子の姿でも殿下です。仔獅子の時の撫で心地はよく、大変癒されるのですが……しばらくするとその、猛烈に心臓が騒いできてしまうのです」

仔獅子の姿に、人間のレオンハルトの姿が重なってしまうのだ。

コーデリアのその手で、美しい金の髪を撫で回している場面を想像すると、心臓に悪いことこの上なかった。

「仔獅子の殿下を撫でているところ、癒しと恥ずかしさが交互にやってきて、気持ちが休まらないと言いますか……」

「つまりそれだけ、意識してくれているんだな？」

「っ!?」

コーデリアは思わず固まった。

レオンハルトの手が、頭を撫でていたからだ。

「これでどうだろうか？　君が俺を撫でてくれるように、俺も君を撫でてみたんだ。これでお相子で、恥ずかしさも少しはまぎれるんじゃないか？」

「……殿下は少し意地悪です」

コーデリアは赤くなり呟いた。

優しく頭を撫でる手に覚えるのは、心地よさよりも騒がしい心臓の鼓動だ。コーデリアのそんな反応がわかっていて、レオンハルトも手を出してきたのだ。

「はは、コーデリアは可愛いな。俺の仔獅子姿よりずっと、今の君の方が愛らしいよ。お礼に人間の姿の俺の頭、一度撫でてみるかい？」

「……遠慮しておきます」

コーデリアは慌てて首を振った。

もし人間の姿のレオンハルトの頭を撫でてしまったら。

次から仔獅子の頭を撫でる時に、余計意識してしまいそうだ。

ゆだる頭を抱えていると、ニニがかたわらに寄ってきた。コーデリアは癒しと平常心を求め、ニニの毛並みを撫で回した。

「にに？　にゃにゃうにゃ！」

ご主人様の平穏は僕が守ります、と言うように、ニニがコーデリアとレオンハルトの間に立っていた。レオンハルトは軽く苦笑すると、コーデリアから距離を離していく。

「そうか、残念だな。少し物足りないが仕方ない。お茶を飲んで、それから聖剣の扱いを一緒に訓練しようか」

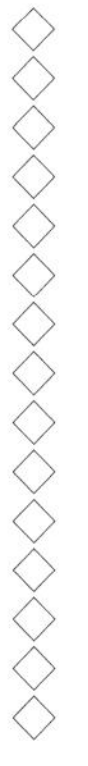

レオンハルトが持ってきてくれたのは、コーデリアの好物のリンゴジャムを使ったクッキーだった。口に含むとバターの香りと、甘酸っぱさが広がり崩れていく。クッキーは少し硬めで、ジャムとの食感の違いが楽しかった。

（今日も殿下のお土産は美味しかったわ。いただいたクッキーの分も、訓練を頑張らないとね）

人払いのなされた庭の一角、周囲から死角になった場所で、レオンハルトが聖剣を手にしていた。刃渡りは既に、長剣の長さに戻っている。体の正面、両手で柄を握り、真上へ刃を向けた姿勢だ。黄金の刃を構えたレオンハルトは、それだけで絵になりそうな姿だった。

「今から俺が手本を見せるから、そこで見ていてくれ」

刃の切っ先が下がり、斜め下へと構えられる。

黄金の刃に光が宿り、まばゆくあふれ出してきた。

「はっ！」

かけ声とともに一閃。

軌跡が走り抜け、刃から黄金の炎が放たれる。

「何度見ても綺麗ですね……」

黄金の炎は勢いのままに宙を舞い、草木を焦がす前にかき消える。

残ったのは星屑のように煌めく火の粉だけ。

その火の粉も、地面へ着く前に幻のように無くなっていった。

無駄な被害を出さないよう、力を加減しているようだ。

「俺の炎は焼く対象を選び、草木を燃やさないようにもできるが、それは応用編だからな。コーデリアにはまず、普通の炎を出せるようになってもらいたいんだ」

「炎を出したいと念じながら、今の構えで剣を振ればいいのですか？」

「構えは適当で大丈夫だ。慣れれば剣を動かさず、刀身から炎を出すこともできるようになるが、最初は力を使う際に一定の動作があった方が、やり方が掴みやすいはずだ」

確かに、何もせず棒立ちで炎を出せと言われるより、剣を振ると炎が出せる、と関連付けた方が、やりやすい気がしてくる。

コーデリアは短剣の大きさにしてもらった聖剣を受け取ると、ぐっと両手で握り込んだ。

レオンハルトの真似(まね)をして、聖剣を斜め下へと構える。

「やっ‼」

声を出し勢いよく斬(き)り上げる。

…………。

…………。

…………何も起こらなかった。

（これ、かなり、恥ずかしいわね……！）

コーデリアは叫びながら、ただ素振りをしただけだ。

羞恥心(しゅうちしん)を誤魔化すため、構えては振ってを繰り返すが、欠片(かけら)も火は出てこなかった。

「うぅ……」

がっくりとしてしまう。

才能が無いのだろうか？

落ち込んでいると、レオンハルトが口を開いた。

「焦らなくても大丈夫だよ。先祖返りだった方が残した手記を読んだことがあるけれど、そうすぐに成功しないようだ。聖剣を渡された人間が何日か練習して、それでようやく、火が出せるようになったそうだ」

「……つまり、この素振りを毎日、一人でやればいいのでしょうか？」

こつこつと練習を続けるのは得意な方だ。

コーデリアは気合を入れ直すことにした。

「そうだな。自主練習もしてもらいたいが……」

「っ!?」

背後から、レオンハルトが覆い被さってくる。

柄を持つレオンハルトの手が重ねられ、体が密着する体勢だ。

「殿下……?」

「俺が手を添え構えを修正するから、一緒に素振りをやってみよう。そちらの方が早く、感覚が掴めるかもしれない」

「は、はい。わかりました……」

レオンハルトの言うことは一理ある。

あるかもしれないが、コーデリアの心臓に悪かった。

つむじに吐息がかかり、ぞくりと背筋に震えが走った。

(集中集中!!)

鼓動よ落ち着け。邪念よ去れ。

強く念じながらコーデリアは素振り、もとい炎を出す練習を繰り返した。

(殿下の指大きくて腕もたくましい、じゃなくて、炎よ炎。炎が出れば、この密着体勢から抜け出せるはず。炎、炎、炎よ出ろ、燃えろ燃えろ、炎よで――――出たっ!?)

ぼうっ、と。

一つだけだが、金色の炎が飛び出している。

ふよふよと漂うだけで、先ほどのレオンハルトの見事な炎には程遠いが、確かに炎が出現していた。

「成功です‼　炎出ました‼」

「あぁ、見事だな。筋がいいのかもしれない」

「殿下のおかげです！」

背中に当たる体温を意識しないようにしながら、コーデリアはお礼を告げた。

「殿下、失礼しますね。自分一人でもできるかどうか、試してみ、て……」

レオンハルトの腕の中から抜け出し、背後を振り向いて。

コーデリアは固まってしまった。

「耳が……」

「どうしたんだいコーデリア？」

心配そうに眉（まゆ）を寄せるレオンハルト。

その金色の髪の上にぴょこりと二つ。柔らかな毛に包まれた、丸っこい耳が生えていた。

「殿下の頭の上に耳が、獅子の姿の時そっくりな耳があります……」

「なんだって？」

驚くレオンハルトの動きに合わせて、二つの獣耳もぴくりと動いている。

コーデリアは試しに、レオンハルトの頭へと手を伸ばしてみた。

「殿下、失礼しますね」

指の腹で、耳の感触を確かめる。

「触られている感覚がある。幻の類ではないな」

「柔らかいし、あたたかいです。これは一体……」

ふわふわとした獣耳は撫で心地がいいが、生えている場所が問題だ。

この獣耳で王宮を歩いたら、間違いなく呼び止められることになる。

ライオルベルンではめったに見かけないが、大陸には獣の相を体に持つ獣人が暮らす国も存在している。

今の獣耳つきのレオンハルトは、伝え聞く獣人と外見がそっくりだった。

「その獣耳、引っ込められませんか？」

「……どうやって引っ込めるんだ、これ？」

「…………」

「…………」

二人とも無言になってしまった。

猫の爪と違って、人間に耳を出し入れする機能は存在していない。

レオンハルトの耳が途方に暮れたように、ぺたりと下がってしまった。

（あ、ちょっと可愛い……）

こんな時にもかかわらず、思わずコーデリアはときめいてしまった。

凛々しい美貌のレオンハルトの頭の上で、愛らしい獣耳が伏せられている。

予想外の組み合わせが、相乗効果となって心臓を打ち抜いてきた。

「……あ、もしかしたら一度仔獅子の姿になってから人間の姿になったら、元に戻ったりしないでしょうか？」

「そうだな。やってみよう」

レオンハルトは頷いたが……。

一向に仔獅子へ変化する気配がなかった。

「……駄目だ。いつも通りやろうとしているけど、仔獅子の姿になれないみたいだ」

「そんな……」

これはいよいよ、まずいことになったのかもしれない。

レオンハルトと顔を見合わせ、コーデリアは思わず唸った。

「殿下、どういたしましょう？　一晩寝れば、元に戻るかもしれませんが……」

「寝不足、というわけでは無いからどうだろうな。時間経過で、何事も無く元通りになる可能性はあるが……」

「……原因は私が聖剣で、炎を出したからでしょうか？」

因果関係は不明だが、タイミング的にそれしか考えられなかった。

「私はなんてことを……!!」

猛烈な後悔がコーデリアを襲った。

獣耳をつけたままでは、満足に公務もこなせないはずだ。それどころかレオンハルトによく似た獣人だと判定され、王宮に入ることとさえ許されないかもしれない。

途方に暮れていると、優しく頭を撫でられる感触がした。

「コーデリア、自分を責めないでくれ。聖剣を使ってくれと頼んだのは俺の方だ。この獣耳は、俺の不注意によるものだよ」

「ですが……」

「そう悲観しなくても大丈夫だよ。幸い父上は、俺の先祖返りを知っている。他の相手に対してはしばらくの間、髪が焦げたとでも言い訳して、帽子を被っていれば誤魔化せるよ」

「……はい」

コーデリアはぎこちなく頷いた。

原因が何にせよ、まずは周囲への対応と、解決策を探るのが第一だ。

（殿下は、こんな時でも立ち直りが早くてしっかりしているのね……）

彼の持つその明るさと強さにきっと、コーデリアはとても救われていた。

レオンハルトをこれ以上困らせないためにも、しっかりしたいところだ。

「とりあえず今日はいったん、王宮に帰って陛下に事情を説明されますか？」

「あぁ、そうさせてもらおう。悪いが馬車を一台と、耳を隠すための帽子を貸してもらえないか？」

◇◇◇◇◇◇◇◇◇◇◇◇◇◇◇◇◇◇

レオンハルトを馬車に乗せ見送ると、コーデリアは書斎へと向かった。

これから当分の間、レオンハルトは自由に出歩けなくなるはずだ。彼の様子を見て解決策を探るためにも、コーデリアの方から王宮へ赴くしかない。しばらく屋敷を空けても大丈夫なよう書類をできる限り処理し、使用人たちに指示を出していく。

忙しくしていると、こちらも焦った様子のハンナが、書斎へと飛び込んできた。

「コーデリアお嬢様、大変です!! 馬車の中から、レオンハルト殿下が消えてしまいました!!」

「何ですって!?」

書斎へ飛び込んできたハンナの叫びに、コーデリアも思わず叫んでしまった。

「王宮に到着して扉を開けたら、殿下の姿がどこにも無かったということ?」

「はい!! 代わりに、どこからか入ってきた猫のような生き物が一匹、馬車から飛び出してきたそうです」

「その猫が……」

殿下なんです、と。

コーデリアは口にすることができなかった。

(しまったわ。人間の姿から自由に仔獅子の姿になれないのだから、同じように殿下の意思に関係なく、仔獅子の姿になってしまうかもしれなかったのに……!!)

後悔しても遅かった。

どうすれば穏便に事が運べるか、コーデリアは必死で考えを巡らせた。

レオンハルトが人間の姿に戻れているなら、自分でどうにかできるはずだが、問題は仔獅子の姿から戻れなかった場合だ。

仔獅子の姿のレオンハルトは、コーデリアの持つ『匂(にお)いのようなもの』を、それはもう愛していた。

猫がまたたびに飛びつくように。

きっと仔獅子姿のレオンハルトも、コーデリアの元を目指してくるはずだ。

（ならば私は殿下と行き違わないように、屋敷から動かない方がいいわね）

とりあえずの行動方針が決まり、コーデリアは椅子(いす)から腰を上げた。

慌てる使用人たちにそれらしい言い訳を伝え落ち着かせていく。

忙(せわ)しなく動き回っていたコーデリアだったが、

「ぎゃぁぁぁぁぁ～～～っ!?」

野太い悲鳴が響いてきた。玄関の方からだ。

「今度は何事っ!?」

速足で廊下を進むと、聞き覚えのある声――――鳴き声が耳に飛び込んできた。

「しゃぁぁっ!!」

「なんだおまえ、やるつもりか？」

玄関ホールで向き合う一人と一匹。

威嚇(いかく)態勢の仔獅子と、先日王宮で出会った青年。エルトリア王国の駐在武官、ベルナルト・グラムウェルだった。

（何⁉　なんでベルナルト様が⁉　何よこの混沌とした状況は‼）

心の中で絶叫しながら、コーデリアは仔獅子へと顔を向けた。

「でん……いえ、レオ。そんなに怒らないで、こっちに来てください」

「……ぎゃう？」

レオ――レオンハルトが、ぴくりと体を揺らした。

顔を傾け緑の瞳にコーデリアを映した瞬間、一目散に駆け寄ってくる。

「みゃっ‼」

「レオ、大丈夫でした――えっ⁉」

肉球がコーデリアへと触れた刹那。

仔獅子の体が光に包まれ、人間の姿へと変化した。

レオンハルトはコーデリアの肩に手をかけた姿勢で、ずいぶんと驚いているようだ。

「……先ほどぶりだね、コーデリア……」

「……殿下、お元気でしたか……？」

どう動き何を話すべきかわからず、コーデリアが固まっていると。

「……これは一体、どういうことなんだ……？」

その場の人間全ての心の内を代弁するように、ベルナルトが呟いたのだった。

◇◇◇◇◇◇◇◇◇◇◇◇◇◇

何があったのか整理してみると。

元々コーデリアの元には今日、エルトリア人の客人が訪れる予定だった。『たいへん申し訳ないが、今日レオンハルトの獣耳騒動で客人をもてなす余裕がなくなったため、後日にして欲しい』と書いた手紙を持った使用人を送ったが、行き違いになってしまったらしい。

（そしてその客人は同国出身のベルナルト様と知り合いで、ベルナルト様は知り合いの護衛がてら、私の屋敷を訪れたということね）

そこまでなら問題なかったはずだ。

だが、客人が玄関に到着した時、ちょうどコーデリアの匂いに惹かれやってきた仔獅子と、鉢合わせてしまったらしかった。

猫が苦手な客人は絶叫し馬車へとんぼ返り。

この時の悲鳴が、コーデリアが書斎で聞いたもののようだ。

（そして殿下は、ベルナルト様が私の屋敷にいることに気づいた。私を守ろうと威嚇していたところへ、私がやってきて走り寄ってきた、ということね……）

仔獅子姿のレオハルトがコーデリアに触れた瞬間に人間へと戻ったのは、獣耳の件と同様に、変化が自由に行えなくなっている影響に違いない。

どうしてこうなったのか、だいたい理解できたとはいえ、状況は良いとは言えなかった。

ベルナルトにはばっちりと、仔獅子から人間へと変化する場面を見られてしまっている。目の錯覚、勘違いと言い張ろうにも、今もレオンハルトの頭の上に生えた獣耳が、逃げ道を完全に潰してしまっていた。

もっとも幸いと言うべきか、まだマシだったのは、決定的な場面を目撃したのが、ベルナルトとその副官の二人だけだということだ。どうにかベルナルトらと交渉し、一連の出来事について、黙っていてもらわなければならない。

コーデリアは客人に挨拶をして帰ってもらうと、ベルナルトとその副官、そしてレオンハルトの三人を、応接室へと招き入れた。

会話の口火はとりあえず、家主であるコーデリアが切ることになる。

「ベルナルト様、このたびはこちらの事情に巻き込んでしまい、申し訳ありませんでした」

「謝る必要は無い。それよりもこの興味深い事態について、説明をもらえるだろうか？」

「わかりました。まず何からお話ししましょうか……」

コーデリアはやりづらさを感じた。

ベルナルトはくすりと笑うことも無く、姿勢良く椅子に腰かけている。感情が表情に出にくい性質なのか、内心が推し量りにくかった。社交用の笑顔を浮かべ慣れた貴族相手とも、また違ったわかりにくさだ。

ベルナルトのアメジストの瞳の動きを見ながら、コーデリアは口を開いた。

「初めにお聞きしたいのですが、ベルナルト様は今のレオンハルト殿下をご覧になって、どう思われましたか？」

獣人、ないしはそう見える相手に対して、見下す人間は珍しくなかった。

特にベルナルトの故郷、エルトリア王国は自国第一主義の強い、排他的なお国柄だ。エルトリア王国の国民にはいない獣人全般に対して、良い印象を抱いていない可能性も高かった。

「レオンハルト殿下の、その獣のような耳についてか？」

「そうです。どのように思っていらっしゃいますか？」

「特に、何も」

表情を変えずベルナルトが答えた。

端的すぎる言葉に、コーデリアも反応に困ってしまう。

「……言葉が足りなかったか？　そうだな、あえて言えばレティが……妹が見たら喜びそう、くらいの感想だな」

「妹様が、ですか……」

突然の登場人物に、コーデリアにはベルナルトの意図がくみ取れなかった。

「妹は猫や犬といった動物が好きだからな。今のレオンハルト殿下の耳を見たら、見事な毛並みだと浮かれ、さぞ喜ぶと思うぞ」

「ありがとうございます……？」

褒められているようなので、とりあえずお礼を言っておく。

「……ベルナルト様ご自身は、他に思うところは無いのですか？」

「無いな。獣の耳が生えていようがいまいが、私のやることは変わらないからな」

一本の刃のような、余計な装飾の無いばっさりとした返答だ。

「そうでしたか……」

いまいち人柄が掴めないが、獣耳があるからと言って、無暗に敵視されることは無さそうだ。

コーデリアが内心ほっとしていると、次いでレオンハルトが口を開いた。

「先ほどは、見苦しい姿を見せて悪かったな。……俺からも、まず一つ聞かせてもらいたい。ベルナルト殿はなぜ今日、この屋敷にやってきたんだ？」

「同郷の文官の知り合いに頼まれ、護衛代わりについてきただけだ。何か問題でもあったか？」

王都の治安は概ねいいが、それでも文官にとってここは異国だ。万が一に備え、同国出身で英雄の誉れも高いベルナルトに、護衛を頼むのは不自然では無いはずだった。

「頼まれたから。それだけでは無いはずだ。ベルナルト殿はコーデリアの元を訪れる機会を狙っていて、渡りに船と護衛の話を引き受けたんじゃないのか？」

レオンハルトは笑っているが、翡翠の瞳は笑っていなかった。

「……お見通しか」

ベルナルトはそれ以上誤魔化すことなく、素直に頷いている。

「その通りだ。あの歓迎式典の日から私は、コーデリア殿とレオンハルト殿下ともう一度、お会いしたいと思っていたんだ」

ベルナルトに名前を呼ばれ、コーデリアは緊張感を高めた。

（目的は何？　またこの方も私たちを、陰謀にでも巻き込もうというのかしら？）

警戒していると、レオンハルトが問いを重ねた。

「なぜ俺とコーデリアに近づこうとしたんだ？」

「強そうだったからだ」

即答したベルナルトの唇が、かすかな笑みを描いた。

「コーデリア殿は私の殺気を受けながら、表情に出さず耐えていた。驚異的な精神力とお見受けする」

「……驚いて、体が動かなかっただけです」

「それでもあの場で、平静を保てるだけたいしたものだ。軍人以外が私の殺気を受ければ、逃げ出すか泣きわめくのが普通だからな」

「……」

泣きわめくのが普通、と言い切れるほど、一般人に殺気をぶつける機会があったのだろうか？

軍人である以上おかしなことではないかもしれないが、物騒な話だ。

コーデリアが戸惑っていると、ベルナルトはレオンハルトへと視線を向けた。

「そしてレオンハルト殿下はあの場で唯一、私の殺気に気づいていたお方だ。目ざとく反応し、しかし場の雰囲気を壊さないよう自らの殺気を抑え込んでいた。その咄嗟の判断、技量共に感嘆に値する強者だ。あの場の誰よりも強いであろうレオンハルト殿下と、そんな殿下が一途に見つめるコーデリア殿は、この国でもっとも、興味を惹かれる人間だったからな。それに――」

先ほどまでの言葉少なめの様子が嘘だったかのように。

絶え間なく流れる水のように、ベルナルトは言葉を紡いだ。

唇がわずかに緩んだだけの無表情だが、生き生きとした様子だった。

「ベルナルト様、落ち着いて、落ち着いて。お二方とも、完全に引いちゃってますからね？」

ベルナルトの背後に控えていた、茶髪の副官が制止をかけてきた。まとっている軍服の色は黒なので、平民出身のようだ。副官は無精髭を撫でながら、ベルナルトの様子に苦笑いしている。

「レオンハルト殿下、コーデリア様、失礼いたしました。驚かせてしまったかもしれませんが、ベルナルト様に悪意はありませんから、どうか勘弁してやってください」

「はい……」

この副官は苦労人のようだな、と思いつつ。

コーデリアはとりあえず頷いておいた。

「ベルナルト様はこの通り表情に出にくくてわかりにくいですが、無駄に整った顔に似合わない、単純で肉体派な性格のお方です」

「肉体派……？」

「妹であるレティーシア様曰く、『見た目は優雅、中身は脳筋』だそうです。ベルナルト様は強い人間と戦って、打ち勝つのを生きがいにしています。だからこそこうやって、軍人をやってるってわけですよ」

副官の説明に、ベルナルトも頷いている。

「ゲイルの言う通りだ。私がそちらの国王バルムンク陛下の歓迎式典での依頼を受けたのも、この国の強い者を知ることができるかもと、面白そうだったからだ。おかげでこうして、なかなかに愉快そうな出来事に出会えたから、依頼を受けて正解だったようだ」

「……面白そうというだけで、あの依頼を受けたんですね」

コーデリアからしたら、理解できない理由だ。

ベルナルトは悪い人間では無さそうだが、だいぶ変わっているのかもしれない。

「そちらの事情はわかりました。それでは、こちらの事情ですが――」

レオンハルトが獅子の姿に変じることができること。

そして彼こそが、『獅子の聖女』と呼ばれているコーデリアが従えている、『聖獣』だということ。

細かい点についてはぼかしつつも、先祖返りについての事柄を説明していく。

レオンハルトが獅子の姿に変わるところを見られている以上、下手に誤魔化して、いらない詮索を受ける方が厄介だからだ。

「――なるほど、そういう事情だったのだな」

話を聞き終え、ベルナルトは顎に手をやっている。

「そちらが求めるのは口止めだな？」

レオンハルトが頷いた。

「あぁ、その通りだ。同僚や上官、そして祖国の知り合いに対しても、沈黙を貫いてもらおう。先祖返りは、うちの王家の最高機密の一つだ。いたずらに吹聴したところで、君にとっても俺にとっても、良い結果にならないだろうからな」

「口を噤むのは苦ではないが……。見返りはあるのだろうな？」

コーデリアは体を緊張させた。

ベルナルトが悪人ではないとはいえ、別の国の人間、優秀な軍人である以上、ただで口を噤んではくれないようだ。

「もちろんだ。あまり突拍子もない願いは断らせてもらうが、何を望んでいるんだ？」

「望みは二つある」

なんだろうか？

コーデリアは会話の行方を、注意しながら見守った。

「まず一つ目。情報収集の協力をお願いしたい。一つ追っている事件があるのだが、私の力だけでは、なかなか情報が集まらないからな」

「……我が国の不利にならない範囲であれば、協力させてもらおう」

「問題ないはずだ。なんせこれは、そちらの元王太子ザイードのやらかしの、後始末の一環でもあるからな」

「……！」

元王太子ザイード。

自身に関わりのある名前に、コーデリアはぴくりと反応した。

「兄上の後始末ということは、つまり……。兄上が水道橋を壊すため準備していた紋章具の提供元が、そちらの国の誰かだったということだな？」

　レオンハルトが目を光らせた。

　紋章具は魔石を原動力に動く装置であり、開発には魔術師が関わっている。魔術師の人口が多いエルトリア王国の人間が、関与しているのはおかしな話ではなかった。

「その通りだ。先の元王太子ザイードの件には、どうもうちの国の軍人が誰か、協力していたようだ。紋章具だけではなく、いくつか不正な金の流れの痕跡（こんせき）もある。私はその協力者たちを追い詰め、捕らえたいと思っている」

「そのために、こちらからの情報がいるということか。……わかった。兄上の件についてはまだ不明な点も多かったから、願ってもない話だ。もう一つの条件次第で、協力させてもらうことにしよう」

　この取引に、レオンハルトは前向きのようだ。

　コーデリアとしても反対する理由はなく、これで先祖返りの秘密が守られるのならば、好ましい話だった。

「そちらの望む、もう一つの条件とはなんだ？」

　レオンハルトの問いかけを、コーデリアが静かに見守っていると。

　ベルナルトが焦（じ）らすことなく、答えを唇へと乗せてきた。

「レオンハルト殿下に、私と戦ってもらうことだ」

「……え？」

　思わず、コーデリアは声を出してしまった。

「戦う……？　模擬戦を希望する、ということですか？」

「その通りだ。何か問題があるのか？」

ベルナルトがわずかに首を傾げ、自らを指し示した。

「私は強いぞ？　レオンハルト殿下も剣術を修める人間であれば、強者との戦いは望ましいだろう？　どちらにとっても、得になる条件のはずだ」

「強者との戦い、か……」

レオンハルトが、ベルナルトの言葉を繰り返した。

しばし吟味し、受け入れることにしたようだ。

「あぁ、わかった。こちらも望むところだ。ベルナルト殿とは一度、戦ってみたいと思っていたところだ。その二つの条件、受け入れさせてもらおう」

「そうか」

ベルナルトは一言頷くと、

「レオンハルト殿下との勝負、楽しみにさせてもらおう」

猛禽を思わせる獰猛な光を、紫の瞳に浮かべたのだった。

ベルナルトたちとは、無事協力関係を結ぶことができたようだ。

彼らを送り出したコーデリアは、レオンハルトへと紅茶を振る舞っていた。

「レオンハルト殿下、どうぞ。交渉お疲れ様でした」

「あぁ、ありがとう。一緒にいただこうか」

紅茶から立ち上る香りが、ふわりと気分をほぐしていく。

しばらく二人で、紅茶の味と香りを楽しむ。それとなくレオンハルトを見ると、今は獅子の耳も無く、完全に人間の姿をしていた。コーデリアはほっとしつつ、紅茶の器を傾けた。

「ベルナルト様はどうにか、秘密を守ってくれそうで一安心ですね」

「あぁ、幸運だったよ。ベルナルト殿も、癖はあるが悪い人間じゃなさそうだったし……。それに何より、彼がエルトリア王国の人間で良かったよ」

「……それはどういうことでしょうか？」

「……そうか、まだ君には、教えていなかったな」

紅茶のカップを置き、レオンハルトが説明を始めた。

「隣国エルトリア王国中興の祖が、聖なる鹿(しか)の精霊と結ばれ子をなしたという伝説は知っているかい？」

「はい、以前聞いたことがあります。その時はただの伝説だと思っていましたが、もしかして……」

「伝説ではなく、歴史だったということさ。聖なる鹿の血を継ぐエルトリア王家にも、時折俺と同じように先祖返りで、鹿に変ずる人間が生まれるらしい」

「鹿の先祖返り……」

レオンハルトと、そしてヘイルートと同じような存在が、エルトリア王家にはいるようだ。

薄々予想できていたとはいえ、やはり驚きの事実だった。

「うちの王家とエルトリアの王家は互いに、相手が先祖返りの現れる血筋だと知って、一種の協力関係を結んでいるんだ。国同士が対立することがあっても、先祖返りの秘密は漏らさないようにしている。秘密がバレるのはどちらの王家にとっても、不都合が大きいからな」

「なるほど……。つまり、もしベルナルト様が自国の王家の方にレオンハルト殿下の先祖返りの秘密を漏らしたとしても握り潰されるか、ベルナルト様自身が潰される、ということですね？」

穏やかでない話だが、王家の威信がかかっているのだ。

獣人への偏見が強い現状では、人と獣、二つの姿を行き来できる存在は、厄介ごとの種にしかならなかった。

「そうなるだろうな。ベルナルト殿もあれで、若くして英雄と呼ばれている人間だ。その手の危険を察知する能力は優秀だろうし、無暗に秘密を広げることも無いと思いたいな」

「ベルナルト様は確か二年前、エルトリア王国と隣国との戦争で活躍して、『雷槍』の二つ名をいただいているのでしたよね」

『雷槍』の名はベルナルトの得意魔術と、まさしく雷のごとく敵陣に切り込むその勇姿から名づけられたと聞いている。

「あぁ、そうだ。直接話してみてわかったが、頭の回転は早かったし、身のこなしに隙も無い。実力に見合った称号だろうな」

「そうでしたか……」

なかなかの猛者と、レオンハルトは手合わせをする約束をしたようだ。

模擬戦でレオンハルトが怪我をしないよう祈りながら、コーデリアは紅茶を飲み干したのだった。

レオンハルトはしばらくの間、コーデリアの屋敷に滞在することになった。一定以上距離が離れると、仔獅子の姿に戻ったり、獣の耳が飛び出してしまうことがわかったからだ。

何度か試すうち、少しずつ離れられる距離は伸びているが、未だ安定していない。いつどこで、コーデリアの元へ駆け出すかわからない状況だ。これではとても、多くの人間が出入りする王宮に、レオンハルトが戻ることはできなかった。

（本当に早く、レオンハルト殿下の獣耳を直す方法を見つけないと……）

国王バルムントとの手紙でのやりとりの結果、期限は立太子の式典がある二か月後までと定められた。それまでに獣耳が治らず人前に出られなかった場合は、王太子になるに相応しい問題解決能力を持ち合わせていないと判断され、王太子の座もコーデリアとの婚約も、無かったことになるらしい。

頑張らないと、と。

気合を入れたコーデリアだったが、

「おや、コーデリアか」

廊下の曲がり角でレオンハルトに遭遇し、肩を跳ね上げてしまった。

「殿下、まだ起きてらっしゃったのですね」

騒ぐ心臓をなだめながら挨拶をする。

時刻は既に夜更け。

窓からの月光に、レオンハルトの金髪が淡く輝いている。廊下に満ちる青い闇(やみ)に、輪郭がほの白く浮かび上がっていた。

(綺麗……。レオンハルト殿下にお会いしているのは昼間か、まばゆい舞踏会が多いから、静かな夜に会うのは慣れないわね……)

婚約前ということもあり、部屋はさすがに別だったが、同じ建物で寝起きするのだ。

コーデリアが暮らしてきた屋敷の日常にレオンハルトが加わるのはなかなかに新鮮で、刺激的な体験だった。

「殿下、どうなさいました？　用意させた寝具が、体に合いませんでしたか？」

「いや、そちらは問題ないよ。丁寧に洗濯し手入れされていて、寝心地が良さそうだったよ」

「良かったです。褒めていただけて、準備してくれた使用人たちも喜ぶと思います」

急な泊まり客、しかも王子、その上室内でも獣耳隠しのフードを被っているという訳ありだらけの客人にもかかわらず、使用人たちは良い仕事をしてくれている。レオンハルトの事情について詮索することなく口を噤んでくれており、とても助かっている。

そんな使用人たちをコーデリアが誇らしく思っていると、レオンハルトが淡く笑った。

月光に照らされたその笑いが優しくて、コーデリアの目を惹きつけ放さなかった。

「お休み、コーデリア。眠る前に、顔が見られて良かったよ」

「……こちらこそ嬉しいです。お休みなさい殿下。良い夢を」

コーデリアは微笑んだ。

レオンハルトの獣耳に、ベルナルトの求めている情報。

やるべきことはたくさんあり、上手くいくかどうかもわからなかったけれど。

レオンハルトと一緒に乗り越えていきたい、と。

そう願いながら、コーデリアは寝台へと向かったのだった。

5章　「獅子と雷槍は高め合う」

ベルナルトと取引を結んだコーデリアたちは、三日後から本格的に動くことになった。対価の情報を求め、元王太子ザイードの起こした事件の関係者を、調べることになったのだ。

「ではレオンハルト殿下。行って参りますね」

身支度を整え、コーデリアはレオンハルトに挨拶に行っていた。

今日はベルナルトらと一緒に互いに持つ情報の交換をしつつ、調査を行う予定だ。

「あぁ、気をつけてくれコーデリア。俺も同行できたら良かったんだが……」

レオンハルトが口惜しそうにしている。

仔獅子になったり、獣耳が出現する正確な条件はまだ不明だ。帽子やフードで隠せるとはいえ、いつどこでバレるかわからないため、外に出るのは控えることになっていた。

幸い、コーデリアの屋敷で仔獅子化する分には、屋敷から出ていこうとしないのがわかっている。コーデリアまで引きこもりでは動きようがないので、心配ではあるがレオンハルトには屋敷に留まってもらうことになったのだ。

玄関から出ると、馬車停まりにベルナルトが待っていた。今日もきっちりと白の軍服を着こなし、横には無精髭を生やした副官ゲイルを引き連れている。

「おはようございます、ベルナルト様。今日は王都にある、王立魔術局の方へ調査に向かうのですよね？」

「そのつもりだ」

　馬車へと乗り込み走らせ、軽く打ち合わせをする。

　ゲイルが取り出した書類を、ベルナルトが見やすいように掲げた。

「ここにも書かれているように、元王太子ザイードの起こした事件に使われた紋章具の一部は、この国の魔術局で作られた部品が使われていたようだ」

「わかりました。王立魔術局への入場許可証は、レオンハルト殿下が取得してくれたので、問題なく入れると思います」

「助かる。私一人では、簡単には許可が下りないからな」

　魔術の研究、および紋章具の開発改良は、国家の軍事力にも関係してくる。重要な研究は魔術局の奥深くに厳重に秘されているとはいえ、異国の人間が魔術局に入るには本来煩雑な手続きが必要だ。

「立ち入り禁止の場所も多いだろうが、それでも魔術局の人間にあたれば、何か手がかりが見つかるかもしれないからな」

　会話を交わすベルナルトの声に感情の色は無いが、不機嫌そうな様子も無かった。

　ベルナルトにとっては、おそらくこれが普通なのだ。

　整いすぎた美貌と、若くして得た英雄の称号。そのせいで固い印象があったが、意外と話しやすいのかもしれない。時折副官のゲイルが話の補足をしてくれることもあり、会話は滑らかに進んだ。

「そういえば今回の調査について、そちらのエルトリア軍には他に、ベルナルト様の協力者はいるんですか？」

「ここにいるゲイルくらいだ。今の私に、自由に動かせる部下はいないからな」

ベルナルトの言い分に、コーデリアはふと違和感を抱いた。

ベルナルトは駐在部隊第三隊の隊長のはずだ。軍事上、詳しい職務内容は秘されているが、それなりに忙しいはずではないだろうか？

浮かんだ疑問を口にしようとしたが、ちょうど馬車がガクンと揺れ減速していく。

どうやら目的地が近いようで、コーデリアは手早くドレスを整えていった。

今日身にまとっているのは、山吹色のドレスだ。露出は少なく、飾り襟が首元を華やがせている。上品で落ち着いた意匠であり、これなら離れているレオンハルトも、いくらか安心できるようだ。

コーデリアは山吹色の裾を翻し、停止した馬車の外へと降り立った。

王立魔術局の門をくぐり、責任者に挨拶を済ませ、調査を始めることにする。

地道に聞き込みを行ううち、日が動き角度が変わっていく。

ある程度予想していたことだが、調査はあまり捗っていなかった。

そもそも既に一度、ザイードの件に関して、王立魔術局の調査は行われているのだ。今になって魔術は専門外のコーデリアが調査を行っても、芳しい結果が出ないのは当然かもしれない。

（今日の本命は、ベルナルト様が行う調査の方だものね）

魔術大国エルトリア王国の高位貴族、グラムウェル公爵家の出身であるベルナルトは魔術が使える人間だ。専門は魔術の軍事運用らしいが、その他の魔術の知識も豊富らしい。

実際に先ほど調査の途中経過を尋ねたところ、順調なようだった。

（そのまま上手く、何かめぼしい証拠が見つかればいいのだけど……うん？）

コーデリアの目の前を、ふらふらと人が横切っていく。

魔術局の制服である黒のローブを着ているが、今にも倒れそうだ。心配になって見ていると、ぐぅぅと大きく、腹の音が鳴るのが聞こえた。空腹でふらついているようだ。

「……今の、聞きましたか？」

「……聞いてしまいました」

人影が、ぎこちなくこちらを見つめた。

上背はあるが、思ったより若いようだ。コーデリアより何歳か年下の、黒髪の少年だった。血色が悪く痩せていて、気が弱そうな雰囲気をしている。

「良かったらこれ、食べてください」

コーデリアは懐からクッキーを取り出した。

調査中、ご飯を抜くかもと持ってきていたものだ。

「……いいんですか？」

「どうぞ。うちの使用人が焼いたクッキーです。味は美味しいと思います」

「ありがとうございます」

少年は礼を言いつつ、嬉しそうにクッキーを受け取った。

恥ずかしさはあるようだが、空腹には勝てないようだ。

どうしてこんなに、お腹を空かせているのだろうか？

魔術師は一般的に高給取りである。先天的な資質が占める部分が大きく、魔術師になれるような魔力量の持ち主は、数百人に一人ほどしかいないからだ。

王立魔術局に在籍している魔術師ならば、食うに困るなどないはずだった。

「ねぇあなた、どうし——」

「おい見ろよ、ジュリアンの奴、食べ物恵んでもらってるぞ」

第三者の声に、少年——ジュリアンの背がびくりと震えた。

おどおどとした様子で、魔術師の三人組を見ている。

「情けないなー。あれでもあいつ、ガルレア家の直系なんだろ？」

「名門ガルレア家も終わりかもな」

「違いない。よりにもよって、跡継ぎがあのジュリアンだもんな〜」

これ見よがしに、聞こえるように悪口を投げかけてくる。全く悪びれる様子も無い三人組に、コーデリアは眉をひそめた。

ジュリアンは言い返すことも無く、亀のように縮こまっている。

三人組はやがて飽きたのか去っていき、ジュリアンが細くため息をついていた。

「……すみません。僕への虐めに巻き込んでしまったようです」

「あの虐めっ子たち、いつもあんなふうなの？」

「慣れました」

諦めたようにジュリアンは笑った。

よく見ると手の甲や体のあちこちに、怪我をした跡がうかがえる。

陰口だけでなく、暴力も受けているようだった。

「……仕方ないんですよ。僕、ガルレア家の直系なのに、魔力量が低いんです」

ガルレア子爵家はこのライオルベルン王国でも有数の、魔術の名門の血筋だ。

魔力量というものはある程度、親から子へと継承される性質を持っている。当然、魔術の名門ともなれば生まれてくる子供にかけられる期待は大きく、期待が外れた時の反動も大きくなるようだ。

魔力量は先天的な要素が大きく、魔術師の力量にも直結している。

そんな中ジュリアンは魔力量に乏しく、性格も気弱なようだ。反撃できないせいでどんどんと、虐められるようになったのかもしれない。

（大変そうね。いっそ、魔術師とは別の道を選べたらいい気もするけど……）

魔術師になれる程度の魔力量はあるが、一流には遠く及ばない。

そんな生殺しのような状態なのかもしれない。

「僕なら大丈夫ですよ。もう慣れましたし、魔術師としては落ちこぼれでも、生活はしていけますか
――わっ!?」

ばしゃり、と。

急に頭上から、水の塊が降ってきた。

ジュリアンはずぶ濡れになり、隣のコーデリアにも、しぶきが飛びかかってくる。

魔術で生み出された水のようだった。

「冷たい……」

「はは、見ろよあいつ、濡れネズミになってるぞ！」

先ほどの魔術師たちだ。

連れを増やし、今度は五人でジュリアンを虐めに来たようだ。

「あなたたち、何をしてくれるのよ。水遊びがしたいなら外でやってきなさいよ」

「……なんだ、おまえ？」

コーデリアの揺らぎない声に一歩、魔術師たちが引き下がった。

そして、引き下がったことを恥じるように、猛然と噛みついてくる。

「おまえ、ここの魔術師じゃないだろう？　何をしてるんだ？」

「正式な許可をもらって入ってきているわ。何か問題あるかしら？」

「部外者が首を突っ込むなよ」

魔術師たちはあくまで強気だ。

希少な才能を持つ人間は傲慢になりやすい、という、とてもわかりやすい一例だった。

「その部外者に対して、いきなり水をかけてきたのはどなたかしら？」

「おまえがどん臭いせいだ――」

「何をしている？」

魔術師たちがびくりと固まっている。

コーデリアの背後からやってきた、ベルナルトに気がついたようだ。

「げっ、エルトリアの白服じゃないか」

「物騒な奴が来やがって。さっさと帰れっつーの」

蜘蛛(くも)の子を散らすように、魔術師たちが逃げていった。

エルトリア軍人は貴族は白、平民は黒と、軍服の色が異なっている。そして貴族軍人の多くは優れた魔術師でもあるため、『エルトリアの白服』と呼ばれ、恐れられているのだった。

「つまらない奴らだな」

ベルナルトは冷ややかな紫の瞳(め)を魔術師の背中へと向けている。

「ここでの本日の調査は終わった。次の場所へ向かうぞ」

『あ、待ってください」

ベルナルトを追いかけようとすると、コーデリアの背中に声がかかった。

「クッキー、ありがとうございました。もしまたお会いできたら、今度はお返しをいたしますね」

手を振るジュリアンだったが、表情はどこか陰りを帯びており心配だった。

今回の調査が一段落し時間に余裕ができたら、彼にもう一度会いに行こう。

コーデリアはそう考えつつ、手を振り返したのだった。

「先ほどは助けていただき、どうもありがとうございました」

次の目的地へと向かう馬車の中で、コーデリアは礼を伝えていた。

「私が魔術師たちに絡まれているのを見て、助けてくださったんでしょう？」

「当たり前のことをしただけだ」

ベルナルトの返事はそっけなかった。

「私と行動を共にしている時に、あなたが害されでもしたら、最悪外交問題になるからな」

そう理由を説明するとそれきり言葉を切り、窓の外を眺めているようだ。

淡々としているだけで、やはり悪い人では無いようだった。

先ほどだって、コーデリアたちを助けてくれたのだ。

自身の興味のあること以外への対応は淡泊だが、必要な仕事はきちんとこなす性格のようだった。

「ん、あれは……？」

「どうされたのですか？」

ベルナルトの横から窓をのぞき込んだ。

王都の大通りから二本ほど離れた、女性向けの店が集まっている通りだ。

「何か、気になる店でもありましたか？」

「評判のいい菓子屋を探していてな」

「お菓子を？」

少し意外な探しものだ。

コーデリアが驚いていると、ゲイルが補足してくれた。

「ベルナルト様が食べる用じゃありません。国の妹君に贈るためですね」

「妹、というと、エルトリア王太子の婚約者である、レティーシア様へですか？」

直接会ったことはないが、美貌と才能に恵まれた、優秀な公爵令嬢らしい。そしてベルナルトにとっては、同じ母親から生まれた妹だった。

隣国の王太子の婚約者であるレティーシア。レオンハルトの婚約者候補であるコーデリアにとって、なかなかに気になる相手だ。ちょうどいい機会なので、少しベルナルトに話を聞いてみることにした。

「ベルナルト様とレティーシア様は、よくお話されるのですか？」

「仲はそれなりに良いはずだ。最近は妹も忙しくて、なかなか一緒に過ごす時間が取れないがな」

妹のことを語るベルナルトは、心無し残念そうにしている。

言葉通り、仲の良い兄妹のようだった。

「……いやまぁ、確かに兄弟仲は良い方ですけど、ちょっとズレていると言いますか、レティーシア様も大変そうと言いますか……」

ゲイルがぼそりと呟いた。

「口ごもってどうされましたか？」

「いえ、何も。……レティーシア様は、食への興味が強いお方なんです。エルトリアの貴族料理は味が濃くてあまり口に合わないようで、こちらの食文化を羨ましがっていましたよ」

ライオルベルンは肥沃な大地を持つ国だ。

新鮮な食材が豊富なため、味付けはどちらかといえば薄味の、素材の味を活かす料理が多かった。

「ベルナルト様のライオルベルン行きが決まった時もレティーシア様は『お兄様の代わりに、私がライオルベルンに行きたいくらいよ』と言っておられましたからね」

「あら、それは光栄です。機会があればお会いして、共にお食事をしたいですね」

コーデリアの言葉は社交辞令が半分、本音が半分といった割合だった。

いつか王太子の婚約者同士として、会ってみたいところだ。

お菓子が好きだということだし、話が弾みそうだった。

「ベルナルト様、レティーシア様はどのようなお菓子が好みか、教えていただけませんか？　王都の菓子屋探しについてなら、力になれるかもしれません」

「あぁ、そうだな。それは助かるが……」

ベルナルトが言葉を切り、コーデリアを見下ろした。

「何か気になることでも？」

「あなたは、私を怖がらないのか？」

「どうしてですか？」

好戦的なところのあるベルナルトだが、所構わず、暴力を振るう人間ではないはずだ。

先ほど魔術師たちを追い払ってくれたこともあり、コーデリアとしても頼もしく思っている。

「私は歓迎式典のあの日、あなたに殺気を向けている。私は過去に一度、不注意でご令嬢に殺気を向けたことがあるが、それ以降二度と、彼女は話しかけてこなかったぞ？」

「そんな過去があったのですね……」

ベルナルトは顔、家柄、実力と三拍子揃っているにもかかわらず、婚約者はいないらしかった。

女性に恐れられ、遠巻きにされているのかもしれない。

大変そうだと思ったコーデリアだったが――

『まぁ、そのおかげか、しつこくこちらに付きまとっていた令嬢たちも近寄ってこなくなったから、それ以降は定期的に軽めの殺気を飛ばして、人払いしているんだがな』

「物騒⁉　殺気って、定期的に飛ばすものなんですか⁉」

――ベルナルトに思わずつっこんでいた。

（……食えないお方ね……）

軽く脱力しつつ、馬車の椅子に深く腰かける。

先ほどゲイルが、ベルナルトとレティーシアの兄弟仲について口ごもっていたのも納得だ。

ベルナルトが兄では、なかなかにレティーシアも、苦労しているのかもしれない。

会ったこともない彼女にコーデリアが同情していると、ベルナルトが口を開いた。

「今のところ私は、婚約者を求めていないからな。令嬢方も不毛な私相手に時間を取られなくなって、双方に都合が良いだろう？」

私は軍務と鍛錬に集中したいからな、と。

しれっとベルナルトが言い放ったのだった。

次にコーデリアたちがやってきたのは、王都の西の一角だ。

なんでも、エルトリア軍の容疑者の一人がよく通っていた、酒場があるようだった。

酒場の社交関係から何か漁れないかと、駄目もとで調査することになった。

「あら、あのおかっぱ頭は……？」

見覚えのある、金のおかっぱ頭の青年だ。

歓迎式典の日、コーデリアのヴェールを返そうとしなかった軍人フランソワだった。

「うん？　おまえらは……」

フランソワもコーデリアたちに気づいたようだ。

胸を反らしやってくると、コーデリアとベルナルトを睨みつける。

「おいベルナルト、おまえなんで、こんなところに来てるんだ？」

「そちらには関係ないことだ。そちらはそちらで、自由に目的を果たすといい」

取り付く島もないといった様子で切り捨てるベルナルトに、フランソワが眉を吊り上げる。

「おまえはいつも、そうやって他人を見下すが、何様のつもりだ!?　ちょっと英雄扱いされたからってうぬぼれるなよ!?　すぐに僕が、追い抜かしてやるからな!!」

「そうか。頑張ってくれ」

「っ、このっ!!　馬鹿にしやがってっ!!」

一切動じない長身のベルナルトに食いかかる小柄なフランソワの姿は、きゃんきゃんと吠えかかる小型犬のようだな、と。

コーデリアが見ていると、フランソワが睨みつけてきた。

『おいおまえも!! 『獅子の聖女』だかなんだか知らないが、痛い目見たくないなら、こいつと行動するのはやめておくことだな!!」

「……ご忠告、ありがとうございます。ですがこちらにも考えがありますので、心配していただかなくても大丈夫です」

「考え？　どうせこいつの顔目当てだろ!?　顔に騙されてるんだろう!?」

「いえ、そういうわけでは……」

コーデリアが反論するも、フランソワは聞いていなかった。

「それとも身長か!?　やっぱり身長なのか!?　どいつもこいつも、無駄にでかくなりやがってっ!!」

歯ぎしりをし罵詈雑言を吐き捨てながら、フランソワが去っていった。

まるでベルナルトから、逃げるかのようだった。

勝手につっかかって一人で去っていって、何がしたかったのだろうか？

コーデリアは首を傾げつつ、ゲイルと顔を見合わせたのだった。

ベルナルトらと調査を始めて数日。

その日、ベルナルト側の準備が整ったということで、約束を果たすことになった。

レオンハルトとの、模擬戦の実行だ。

「殿下どうぞ、お気をつけてくださいね」

愛剣の手入れをするレオンハルトに、コーデリアは声をかけた。

試合はコーデリアの屋敷の庭で、人払いをして行う予定だ。模擬戦とはいえ刃引きしていない剣を使うため、どうしても怪我が心配だった。

「本当に、本物の剣を使われるのですか？」

「怪我はさせないつもりだ。……それとも、俺が負けると心配しているのか？」

「……ここ数日、行動を共にしてわかりましたが、ベルナルト様は優秀なお方です。殿下が負けるとは思いませんが……」

「そうか。……妬けてしまうな」

「えっ？」

レオンハルトがぷいと後ろを向いた。

金の髪が跳ねる、幼子のような動作だった。

「……思っていたより俺は子供で、心が狭かったらしい」

コーデリアに背中を向けたまま、レオンハルトは剣の手入れを再開させた。

丹念に丹念に、気を紛らわせるように、刃を磨き込んでいる。

「ここのところ数日、君は俺ではなく、ベルナルトと行動していただろう？　……我ながら子供じみているると思うが……。君に関してだけは、どうも上手くいかないみたいだな」

「殿下……」

「安心してくれ。ヤケになったつもりも、勝負に汚い手を使うつもりもないさ。正々堂々正面から、絶対にベルナルト殿には、負けられないと思っただけだよ」

レオンハルトは苦笑し、仕上がりを確認するよう剣を持ち上げた。鞘へ収め、模擬戦の開始地点へと歩いていく。ベルナルトは既に準備万全といった様子だった。

「試合形式は一対一。時間無制限。どちらかが降参するか、胴体及び頭部に有効打が入りそうなところで終了。それで大丈夫ですね？」

審判を務めるゲイルが、模擬戦のルールを再確認した。

レオンハルトは愛用の長剣を。

ベルナルトは片刃の軍刀を手に向かい合っている。

白く華麗な軍服のベルハルトと、王子にのみ許された白の詰襟を着たレオンハルトの二人は、これ以上なく絵になる組み合わせだった。

「……最後に念のため聞いておくが」

軍刀の鞘に手を置き、ベルナルトが声を上げた。

「本当にこちらは、魔術を使って良いのだな？」

「あぁ、もちろんだ。魔術が使えないせいで負けた、などと。誤解されたくないからな」

レオンハルトが挑発を投げかけた。

相手の精神を乱す戦術の一環か、あるいはそれほどに、戦意が高まっているのかもしれない。

ベルナルトは頷くと、薄く唇を開き笑みを浮かべた。

「そうか。そこまで言うのならばこちらも、全力で行かせてもらおう」

「望むところだ」

両者、柄に手をそえ、臨戦態勢に入る。

視線で切り結びけん制しあい、既に駆け引きが始まっていた。

「三、二、一――――始め！」

ゲイルの号令と共に、二人とも動き出した。

レオンハルトは駆け出し、ベルナルトは軍刀を構えつつ詠唱を始める。

『――――閃き貫け。雷の槍！』

ベルナルトの右手から、雷が槍のごとく駆け抜ける。

彼の十八番であり、二つ名の由来ともなった攻撃魔術だ。

直前までレオンハルトのいた空間を、雷が閃光と共に貫いていった。

(早い!!　それに軍刀を振るいながら!!)

コーデリアの目には、剣同士がぶつかり散った火花が見えるだけだ。

ベルナルトは軍刀を操りながらも、詠唱を止めていなかった。二撃目三撃目と、休む間もなく雷がレオンハルトに襲いかかっていく。

「っ!!」

レオンハルトの髪を雷の槍が焦がす。

あと半歩ずれていたら、直撃していたであろう位置だった。

「『雷槍』の二つ名はここにあり、といったところか！」

「そちらこそ、でたらめな身体能力をしているな。獣人よりも速いぞ！」

言葉を交わしつつも、二人は剣と魔術を止めなかった。

レオンハルトが放った刺突をベルナルトが受け止め、返しの矢で雷を放つ。

斬撃が走り雷が煌めき、目まぐるしく攻守が入れ替わっていく。

既にコーデリアには、理解できない高度な試合になっていた。

途中から目で追うのも難しくなり、何が何やらわからなくなっている。

わかるのは両者ともにとんでもない達人であり、素人のコーデリアでは想像もつかないほどの、高度な駆け引きが行われているということだ。

金属音が響き雷がさく裂し、熾烈を極めた勝負だったが――

「終わりだ」

幕切れは呆気なく訪れた。

ベルナルトの喉元へと、切っ先が突き付けられている。

「……これは参ったな」

肩で息をしつつも、ベルナルトは無傷だった。

　一方のレオンハルトはいくつも手傷を負い出血しているが最後の一撃、致命打を放ち、勝者となったのは彼の方だった。

　決着がつき、幸いにも二人とも、大きな傷は無さそうだ。

　コーデリアは胸を撫で下ろした。レオンハルトは何箇所か怪我をしているが、先祖返りの強靭な回復力で、明日には治っている程度だ。

（殿下、すごいわ。宣言通り、見事勝利なさったのね）

　勝者を祝おうとしたコーデリアだったが、レオンハルトは興奮冷めやらぬといった様子で、ベルナルトと話し込んでいる。

「最後から二番目の構え、あそこで足元に殺気を放ち、意識をそらしたのは虚を衝かれたぞ」

「そちらの『雷槍』の六つ目、あれで長剣の刃を狙い撃ちにしてきたのは驚いたよ。もしあの時、俺が強引に弾こうとしていたら――」

　議論が白熱し、二人とも夢中になっている。

　模擬戦の推移について、考察と意見を戦わせているようだった。

　入り込めないものを感じて、コーデリアは足を止めた。

　共にずば抜けた技量を持つ二人だからこそ、語り合える領域だ。

　初対面時の険悪な雰囲気はどこへやら。

　剣を交わしたことで吹っ切れたのか、レオンハルトも楽し気に、健闘を称え合っている。

（ベルナルト様、殿下と盛り上がれて羨ましいなぁ……）

コーデリアとしては微笑ましい反面、寂しさを感じてしまった。

あるいはこれが、嫉妬という感情なのかもしれない。

(私の方こそ、結構子供っぽいのかも……)

試合前、嫉妬していたレオンハルトの言葉を思い出し、コーデリアは小さく笑った。

今ならあの時のレオンハルトの気持ちが、わかるかもしれなかった。

「コーデリア様、すみませんね。うちのベルナルト様、熱中すると周りが見えなくなる方で」

ぽりぽりと頭をかきながら、ゲイルが会話を振ってきた。軍人であるゲイルはベルナルトたちの話を興味深く聞いていたが、コーデリアに気を使ってくれたようだ。

彼の気遣いに感謝しつつ、コーデリアはレオンハルトたちを眺めた。

「少し嫉妬してしまいますが……。殿下が楽しそうですから、私はそれでいいと思います」

「大人ですねぇ」

「まだまだ未熟ですよ」

「いやいやご立派ですよ。ベルナルト様がコーデリア様の年の頃よりずっと、大人びてらっしゃいますよ」

「……昔のベルナルト様を知っているのですか？」

コーデリアは少し意外だった。

ベルナルトは公爵家の次男で、ゲイルは平民だった。年齢も、二十代前半と三十代後半とそれなりに離れている。そんな二人だからてっきり、軍に入ってから知り合った間柄だと思っていたのだ。

「ええ、それこそ小さい頃からよく知ってますよ。俺は元々、ベルナルト様の父君、グラムウェル公爵様に、ベルナルト様たちご兄弟の剣術の教師、兼護衛として雇われていた身ですからね。そこでベルナルト様に気に入られて、副官として軍に来ないかって誘われて今があるんですよ」

「長いお付き合いなのですね」

「まぁ俺としても、武に関わる人間として、ベルナルト様の才能は魅力的ですからね。色々と大変なこともありますが、副官やれて幸運ですよ」

へへへ、と。ゲイルが笑いを浮かべた。

我が道を行くベルナルトに振り回されつつも、悪い気はしていないようだ。

「確かに、ベルナルト様はお強いですね。エルトリアの軍人魔術師の方は、皆あのように戦われるのですか？」

コーデリアの問いかけに、ゲイルが高速で頭を横に振った。

「いやいやいやいや！　それはあり得ませんって!!　普通魔術師って、後衛から遠距離攻撃を飛ばすのが仕事です。ベルナルト様のように前衛でがんがん魔術をぶっぱなしながら剣を振り回すなんて、邪道にもほどがありますから!!」

「邪道……。ではベルナルト様は独学で、あの戦い方を身につけられたのですか？」

「独学、のようなものですが一応、ベルナルト様の兄弟たちが、稽古に付き合わされていましたね。以前お話したレティーシア様もよく駆り出されて、死ぬ気でいけに、いえ、模擬戦の対戦相手を頑張っていました」

「今、生贄（いけにえ）って言いかけませんでしたか？」

コーデリアが聞き返すと、ゲイルが誤魔化すよう笑みを浮かべた。

「気のせいですよ気のせい。ベルナルト様もレティーシア様を可愛（かわい）がっていましたから、肉体的な怪我はさせないよう、十分注意していました」

「……つまりそれ、精神的にはかなりキツかったのではないですか？」

「はは、そうですね。それについては、今でも忘れられない思い出があって――――」


――そうしてコーデリアが、ゲイルからいくつも、話を聞いている間もずっと。

レオンハルトとベルナルトは戦術論を交わし熱中し、友好関係を築いていたようだ。

剣を交え深まる友情を、体現する二人なのだった。

レオンハルトとベルナルトの模擬戦の翌日。
その日コーデリアは、フェミナの訪問を受けることになった。手紙のやりとりは行っていたが、直接会うのは少し久しぶりだ。
「コーデリア、ごきげんよう。元気にしていたかしら？」

そう挨拶したフェミナの方は、あまり元気が無さそうだった。肉体面の不調ではない。レオンハルトは公には、王都郊外に公務で滞在していることになっている。慕っているレオンハルトと何日も会えず、フェミナも少ししょげているようだ。

「フェミナ殿下、ごきげんよう。今日はフェミナ様の好物の、チェリーパイを用意してありますよ」

「チェリーパイを!?」

フェミナの目が輝き、しかしすぐに元に戻ってしまった。

好物を兄であるレオンハルトと一緒に食べたかったと、寂しく思っているようだ。

(かわいそうだけど、ここでレオンハルト殿下が姿を現すわけにもいかないのよね……)

レオンハルトを慕う者同士、コーデリアにはフェミナの気持ちは痛いほどわかった。

少し考え込み、一時席を外すことにする。

「紅茶の準備で指示の出し忘れがあったので、少し様子を見てきますね」

応接間を出たコーデリアは屋敷の外れ、フェミナと顔を合わせないよう隠し部屋にこもった、レオンハルトの元を訪れた。

「殿下、今お時間大丈夫でしょうか?」

「どうしたんだいコーデリア?」

レオンハルトはちょうど、持ち込んでいた書類の処理を終えたところのようだ。

コーデリアの元へ、嬉しそうに近寄ってきた。

「フェミナ殿下、ここのところレオンハルト殿下とお会いできず、少し元気がないみたいなんです」

「そうか……」

優しい兄であるレオンハルトも、やはりフェミナのことは気にかかるようだ。

心配げに、応接間の方角へ視線を向けていた。

「仔獅子の姿で、フェミナを元気づけてあげるのはいかがでしょうか？」

フェミナは仔獅子をレオと呼び、大変気に入っていた。

その正体がレオンハルトだとは知らなかったが、昔可愛がっていた金色の猫――こちらも実は仔獅子に化けたレオンハルトであり同じ相手なのだが――を思い出し、心が温まるようだ。

「殿下は仔獅子の姿への変化なら、安定してできるようになっているのですよね？」

「あぁ、大丈夫だ。仔獅子の姿への変化の方が、やりやすいくらいだからな」

レオンハルトは自由に動けないなりに、事態の解決を模索していた。

獣耳を出現させず人の姿で居続けられるよう、毎日いろいろと実験を行っている。まだ完全には制御できていないが、仔獅子の姿で居続けることは、既にできるようになっていた。

（人間ではなく、獅子の姿でいる方が安定している、というのが少し気がかりだけど……）

フェミナの目の前で人間の姿に戻り、正体がバレる恐れは無さそうだ。

仔獅子となったレオンハルトと応接間に戻ると、フェミナがわっと歓声を上げた。

「レオ！　今日はおうちにいたのね！」

駆け寄ってきて、嬉しそうに仔獅子へと手を伸ばしている。

柔らかな毛並みに指を埋め、もふもふとした撫で心地を堪能(たんのう)しているようだ。

微笑ましい光景だったが、コーデリアは一つ、気がついてしまったことがあった。

（レオンハルト殿下、頭は撫でさせないようにしている？）

背中や腕、それに尻尾（しっぽ）はフェミナに触らせているが、それとなく頭に伸びる手は避けていた。

どうやら仔獅子の頭を撫でることができるのは、コーデリアだけのようだ。

仔獅子の頭の撫で心地と、人の姿のレオンハルトの頭。

そしてコーデリアの頭を撫でる手の感触を連鎖的に思い出し、一人ほんのりと赤くなってしまったのだった。

元気を取り戻したフェミナを送りがてら、コーデリアは王宮にやってきていた。

レオンハルトの受け持つ仕事のうち、コーデリアでも代理が可能な手続きを、王宮で行うためだ。

用意してきた書類を提出し終え、お付きのハンナと共に歩いていると、見覚えのある姿が現れた。

「お、こんなところで奇遇だな」

かつてヴェール回収を手伝ってくれたくすんだ赤毛の、帝国軍人の青年だった。

今日も大柄な部下らしき男性を引き連れ、王宮に足を運んでいたようだ。

「……お久しぶりです。歓迎式典の日は助けていただき、どうもありがとうございました」

「律儀（りちぎ）だな。あれくらいどうってことないさ。なんなら今日も何か、手品の一つでも見せてやろうか？」

「ありがとうございます。でもその前に、そちらのお名前を聞かせてもらってもよろしいでしょうか？」

「俺の名前？」

青年が気さくな笑みを浮かべた。

「当ててみなよ。コーデリア様ならとっくに、見当はついているだろう？」

さらりとコーデリアの名前が呼ばれた。コーデリアに名乗った覚えはないが、当然のように把握されているようだ。

青年の挑発とも取れる言葉に、コーデリアは応じることにした。

「アレン・ルード様。リングラード帝国十三騎士の一人、第四席のアレン様でしょう？」

帝国十三騎士。

呼び名の通り、近年勢力の拡大が著しい帝国の精鋭中の精鋭、十三人しかいないうちの一人だ。

政治外交に興味がある人間であれば、知っていてしかるべき相手だった。

(軍事国家である帝国で、若くして十三騎士に選ばれた平民出身の軍人だと聞いていたから、もっとたくましい体格の、いかにもといった軍人の方を想像していたけれど……)

アレンの背後に控える大柄な青年の方が、よどほコーデリアの想像に近い姿をしていた。

よく見るとアレンも鍛えているのがわかるが、雰囲気が柔らかく、軍服を脱げば軍人には見えなさそうな人柄をしている。あの日ヴェールを取り返してくれた相手が気になって調べなければ、彼がかの高名な帝国十三騎士の一人であるとは、コーデリアも気がつけなかったはずだ。

「前回は、まともにご挨拶もできず申し訳ありませんでした」

「はは、そんなかしこまらないでくれよ。たまたまヴェールが目について、ちょっと手を出してみただけだよ」

本当にそれだけ、偶然なのだろうか？

帝国十三騎士であるアレンのことだ。あの日もコーデリアの様子を観察し、接触の機会をうかがっていたのかもしれない。

コーデリアとしても、気が抜けない相手だった。

「う～ん、やっぱ帝国十三騎士だってバレると、反応が硬くなっちまうよな。別に俺は、そんなおっかない人間じゃないぞ？　正真正銘(しょうしんしょうめい)、平民生まれの平民育ち。手品の腕だって元は、ばぁちゃんを食わせるため、身につけたものだからな」

「……アレン様のおばあさまを？」

コーデリアもまた、今は亡き祖母のことを慕っている。

少し親近感を覚え、アレンの話を聞くことにした。

「そそ。俺の両親、物心つく前に事故に巻き込まれ、亡くなってしまってるんだ。ちっちゃかった俺を育ててくれたのがばぁちゃんだ。口うるさくて元気な人だったけど、それでも年には勝てなくってな。俺は道行く人に手品を披露して、ばあちゃんの分も小金を稼ぐようになったのさ」

「だからあんなに、手品がお上手(じょうず)だったんですね」

アレンの手品は、まるで種がわからないものだった。

そう大がかりな装置は使っていなかったから、彼の手さばきや観客の視線誘導の技術が、優れている証のはずだ。

「ま、俺も頑張ったけど、平民のガキが手品一つで稼ぐには限界があるだろう？　ばぁちゃんはますます小さくなって、だから年頃になった俺は、軍人になることにしたんだ。軍人として、最初はわからないことばかりだったけど……幸運にも俺は皇帝陛下のいた部隊に配置されることになったんだ」

現リングラード帝国皇帝は軍人として名をあげ、皇帝にのし上がった経緯を持っている。アレンは皇帝陛下が軍人として戦場へ出ていた時に、顔と名前を覚えられたらしかった。

「訓練の合間、仲間の兵士相手に披露していた手品に、陛下は興味を抱かれたようだ」

「皇帝陛下のお眼鏡にかなうほど、アレン様の手品の腕は卓越していたんですね」

「よせよせ、褒め殺しはよしてくれよ。あれは陛下の気まぐれ、ちょっとした暇潰しのようなものさ。その証拠に俺は陛下と、手品対決をしたことがあるけれど……」

「どうなったのですか？」

勝敗の行方が気になり、コーデリアは問いを投げかける。

アレンの語り口に、引き込まれるようにして聞き入っていた。

「その勝敗はすなわち……次のお楽しみってとこだな」

「え……？」

アレンがひらひらと、手を振り遠ざかっていった。

「続きはまた次回、俺と会った時の楽しみに取っておいてくれ」

それじゃあな、と。

アレンの背中が小さくなっていく。

残されたコーデリアはしばらく、くすんだ赤毛の後ろ姿を見ていた。

（アレン様のおばぁ様との話が気になって、立ち話をしてしまったけれど……）

これもアレンの計画通りなのだろうか？

この国で調べれば、コーデリアが両親ではなく、祖母により育てられたことはすぐわかることだ。

祖母を慕うコーデリアの共感を得、会話の潤滑油にするため、あえてアレンは自身の祖母のことを口に出したのかもしれない。

（私の思い描いていた、帝国十三騎士の姿とは違うようだけど……）

やはりやり手の油断できない相手のようだと、コーデリアは思いを新たにした。

現在捜査中の、ザイードの協力者候補の中にはエルトリア軍人以外、アレンら帝国の人間の名前もあがっている。可能性としては低いがアレンら帝国がどこかから、糸を引いているかもしれなかった。

「気をつけないとね……」

コーデリアは呟くとハンナを引き連れ、王宮の出口へと向かったのだった。

◇◇◇◇◇◇◇◇◇◇◇◇◇◇◇◇◇

「せっかく馬車を出したわけだし、ベルナルト様の宿舎を訪ねてみましょうか」

王宮を出たコーデリアは、ベルナルトの元へ馬車を走らせていた。

ザイードの件で協力関係にあったが、いつもはベルナルトの方から、コーデリアの屋敷に足を運んでもらっている。ちょうど今日は、レオンハルトからベルナルトへ渡す書類を預かっているので、一度ベルナルトの元を訪ねることにしたのだ。

「伝えられている住所は、こちらのはずですが……」

ハンナが窓に視線をやり眉をひそめていた。

窓の外の景色は、だんだん寂れていっている。王都の中で比較的地価が低く、貴族は寄りつかない一角に、ベルナルトの宿舎は位置しているようだ。

「これは……」

馬車を降り立ち見えた宿舎に、コーデリアは軽く驚いた。

ベルナルトは若き英雄であり、エルトリア王国駐在部隊第三隊の隊長だ。

華々しい身分のはずだが、目の前の宿舎はいささか、事情が違っているようだった。

「ぼろい……」

コーデリアが小さく呟くと、ハンナも同意するよう頷いている。

宿舎は広さこそ十分あるが、立地といい建物の傷み具合といい、とてもベルナルトの住処には見えなかった。

「失礼いたします。コーデリアです」

ハンナがノッカーを鳴らすと、扉の向こうから靴音が近づいてくる。

扉を開けたのは、ベルナルトの副官のゲイルだった。

「コーデリア様、ようこそいらっしゃいました。何か急用でもございましたか？」

「いいえ、急用というほどでは無いのですが、ベルナルト様あての書類があったので、外出のついでに寄らせていただいたのです。こちらを渡しておいていただけますか？」

『わざわざありがとうございます。せっかくここまでいらっしゃったんですし、ベルナルト様に会っていかれますか？』

「……私が上がってもよろしいのですか？」

傷んだ建物を見て、コーデリアは念のため尋ねることにした。

「あぁ、問題ありませんよ。コーデリア様さえ気になさらないなら、どうぞ中へ入ってください」

「失礼しますね」

ゲイルの後に続き、コーデリアは建物へ足を踏み入れた。

内部の方も、外観と同じくあちこちが傷んでいるようだ。

さすがに床板が抜けているような場所はないが、そこかしこの壁にひびが走っていた。

『コーデリア様、この惨状に驚かれていますね？』

「……失礼ながら少し」

「びっくりして当然ですよ。隠していたわけではありませんが、実際に目にすると少々、驚いてしまう光景でしょうからね」

「この建物は、エルトリア王国の軍部に手配された宿舎なのですよね？」

「えぇ、そうです。ある意味この宿舎が、ベルナルト様の立ち位置を表していますね」

「ベルナルト様の――――っと」

扉の前でゲイルが立ち止まったため、コーデリアも足を止めた。

「ベルナルト様は今、こちらから出た裏庭で鍛錬中です。もうすぐ終わりますから、近くで待っていていただけますか？」

「わかりました」

扉の外には、広々とした庭が広がっていた。

こちらも建物と同様、庭に置かれたベンチは錆びているが、草刈りは行われているようだ。

中央の空き地のようになった部分で、ベルナルトが一心に長剣を振っていた。

「すごい速さですね」

素人同然のコーデリアにも、すさまじさが伝わってくる素振りだ。

ベルナルトは体の一部のように、自在に長剣を扱っていた。

「ベルナルト様、レオンハルト殿下に負けたのがよっぽど悔しくて、しかしそれ以上に楽しかったみたいでしてね……。あぁも真剣に、そして楽しそうに訓練をしているのは、実家でご兄弟様たちと過ごしていた時以来ですよ」

ゲイルの解説を聞いていると、ベルナルトの鍛錬が終わったようだ。

近くの木の枝にかけていた布で汗を拭うと、長剣を収め近づいてくる。

「コーデリア殿、待たせてしまったようだな」

「今来たばかりのところです。訓練はもうよろしいのですか？」

「あぁ、今日のところは、剣の鍛錬はこれで終わりだ。少し休んでから、魔術の鍛錬に移るつもりだ」

「勤勉なんですね」

「趣味で生きがいのようなものだからな。まだ私には上があると、成長の余地があると実感した以上、訓練はとても楽しいものだ」

先ほどまで激しい訓練を行っていたにもかかわらず、既にベルナルトは涼しい顔をしている。

軍人としてみっちりと、鍛え上げているようだ。

「ベルナルト様は毎日、どれくらい訓練を行っているのですか？」

「ここのところはザイードの協力者探しの時以外、だいたい訓練を行っているはずだ」

「ずっと訓練を……」

ベルナルトの返答に、コーデリアは疑問をぶつけることにした。

「……ベルナルト様にはザイードの協力者探し以外、果たすべき職務は無いのでしょうか？」

「今のところは無いな」

恐る恐る尋ねたコーデリアに、ベルナルトはすぐさま答えを返した。

「私は確かに、エルトリア王国駐在武官第三隊の隊長を拝命しているが、いわばお飾りのようなものなのだ」

「お飾り……？」

「第三隊には十数名の隊員が所属しているが、ほとんどは書類上だけの隊員だ。実際に働いている人間は一人もいないお飾りの隊であり、私はその隊長だということだ」

「だからこなすべき職務も、与えられていないということですか……？」

思い出せばコーデリアは、ベルナルトが隊長として働いている場面を見たことが無かった。他国所属の軍人のため、職務内容について踏み込んだ質問は控えていたが、そもそも職務自体、ほぼ存在していなかったようだ。

「その通りだ。特別隠していたわけではないが、わざわざ公言することでもないからな。レオンハルト殿下の方は、うすうす察しがついていたようだが……あなたは私がお飾りの隊長だと知って、幻滅してしまったのか？」

「いえ、そのようなことはありませんが、ただ……」

なぜ華々しい身分経歴を持つベルナルトが、このような閑職(かんしょく)に配されているのか。

コーデリアは気になり、やがて答えらしきものを見つけた。

「……ベルナルト様が故郷を離れこのような閑職についているのは、ベルナルト様が『英雄』だからでしょうか？」

「あぁ、それも原因の一つだろうな」

頷くベルナルトに、コーデリアは確信を深めた。

「ベルナルト様は若くして軍功を立てられ、英雄と称されたと聞いています。それは素晴らしいことだと思いますが……。政治というのは良きもの素晴らしいことだけでは、回らないですものね」

英雄の肩書、その影響力が大きいからこそ、上手くいかないこともあるのだ。

「ベルナルト様の妹、レティーシア様は王太子の婚約者です。未来の王妃と若き英雄。……一つの公爵家が抱えるには、二つの肩書の持つ力は大きすぎると、そう問題視されてしまったのですよね？」

「私は軍事が専門で、政治の方にはあまり関わっていないが……。軍部の中でさえ、私を目障りに思う人間は多かったからな」

「そうだったのですね……」

コーデリアとしては納得だ。

ベルナルトのその圧倒的な才能と、迷いの無さすぎる性格はきっと、敵を作りやすいはずだった。

「うちの国の貴族の中には、私とレティーシアのどちらかを、国外に追いやり力を削ぎたい人間が多いようだった。しかしレティーシアは王太子の婚約者をしっかりと務めているし、レティーシアを王太子の婚約者から下ろしたところで、そうそう代わりは見つからないからな」

「王太子の婚約者の代わり……」

コーデリアはぽつりと呟いた。

脳内で素早く、隣国の王太子周りの情報を整理していく。

「エルトリア王族の婚約者には家柄はもちろん、魔力量も重要視されると聞いています。家柄、魔力量、容姿に体質、それに性格や知識教養の習得具合まで考えると、現在のエルトリア貴族の中でレティーシア様以上に、王太子の婚約者に相応しい令嬢はいらっしゃらないのですよね？」

「そのはずだ。たとえレティーシアとの婚約を解消しようとしても、後釜探しで難航し、貴族同士の腹の探り合いの末、暗がりで血が流れるのは明らかだ。もし王家の側が婚約を解消したいと思ったとしても簡単にはいかないし、王家側からの一方的な婚約破棄など論外だからな」

レティーシアを、王太子の婚約者の座から下ろすのが難しいからこそ。

兄であるベルナルトを国外に追放し味方を作れないようにし、閑職に封じ力を削ごうという思惑だ。

「……英雄とまで呼ばれたベルナルト様はこの追放同然の扱いを、受け入れているのですか？」

若くして英雄とまで呼ばれたのになぜこのような仕打ちを、と。

コーデリアがもし同じ立場なら、不満の一つも言ってしまいそうな身の上だった。

特にエルトリア貴族はプライドが高く国外勤務を良しとしない人間も多いから、なおさらかもしれない。

「恨み言が無いではないが……。そもそもの話、私が英雄呼ばわりされているのも、たぶんに政治が関係しているからな。失礼を承知で言えば、コーデリア殿が『獅子の聖女』と王家をあげ持ち上げられているのとある意味同じ理由で、私も英雄の肩書を得ているに過ぎないからな」

「確かに、それはそうかもしれませんが……」

歴史書にはこんな格言がある。

曰く、『英雄やら聖女が現れる国は、ろくでもないことが多い』、と。

「二年前の戦、わがエルトリア軍部がこうむった被害は大きかったからな。そこから貴族と平民の目をそらすために、英雄の存在は都合が良かったということだ」

淡々と、ベルナルトは自らが英雄と呼ばれるに至った経緯を語っていた。

強者との戦いを望み軍人として励んでいるベルナルトだが、他者から与えられる評価には、心を左右されない性格なのかもしれない。

「私が戦の被害が目立たないよう英雄として祭り上げられたように、コーデリア殿もまた、元王太子であったザイードの悪行から国民の目をそらすために、大々的に『獅子の聖女』として喧伝されているのだろう？」

「その通りです」

コーデリアは頷いた。『獅子の聖女』という輝かしい呼び名は、ザイードの闇を塗り潰すためにつけられた名前でもあるのだ。

「私を英雄と呼び国民の目くらましに使い、やがて持て余し閑職へと手配した上官たちに思うところはあるが……それはそれとして、今のこの生活は、それなりに気に入っているからな」

「この生活で、この宿舎がですか？」

コーデリアは思わず聞いてしまった。

宿舎はお世辞にも綺麗とは言えず、あちこちに隙間風がありそうだ。

軍人とはいえ、公爵家の次男として華々しい人生を歩んできたベルナルトにとって、あばら家としか言えない住処の気がした。

「あぁ、屋根があって雨がしのげて、かたわらに剣さえあれば、それで私に不満はないからな。なんせ実家では兄弟との模擬戦で、沼に落とされたり水を頭からかけられたり崖から飛んでみたり、色々と経験しているんだ。うちの兄弟は私含め我の強い人間ばかりだから、国外に追放されようが閑職に追い込まれようが、それなりに楽しくやれるだろうな」

「そうだったんですね……」

コーデリアはとりあえず、頷いておくことにした。

ベルナルトの言う「色々と経験した」の内容が気になるが、家ごとにそれぞれ、生まれ育つ環境は違って当然だ。現にこうして、追放同然にボロ宿舎を与えられたベルナルト本人に不満が無い以上、コーデリアが口出しするようなことではないはずだった。

「それに私だって、いつまでもこの立場にいるつもりは無いからな。ザイードの協力者を探しているのも、功績を上げ軍部主流に戻るための一環だ。その過程でコーデリア殿とレオンハルト殿下に出会えたのだから、お飾りの隊長も悪くないかもしれないだろう？」

ベルナルトは言うと、うっすらと口の端に笑みを浮かべていた。

刃の煌めきのようなその笑みはきっと、レオンハルトとの再戦を楽しみにしてのものだ。

「ベルナルト様の毎日が、充実しているようで良かったです」

小さく笑いコーデリアがそう言うと、ベルナルトの紫の瞳がコーデリアを映した。

「……コーデリア殿は私のことを、恐れも非難もしないのだな」

「私がベルナルト様を非難する？」

なぜそんなことをする必要があるのか、コーデリアにはわからなかった。

内心首を捻（ひね）っていると、ベルナルトが一度目を閉じる。

「……私は公爵家の次男として、この顔で生まれついたせいか、近寄ってくる令嬢も多かったんだ。彼女たちは私を褒め称えていたが……本気で剣を振る姿を見せれば引く令嬢も多かったし、一度でも殺気を浴びせたが最後、二度と近寄ろうとしなかったからな」

「それが普通の判断だと思いますが……」

コーデリアは苦笑してしまった。

いくら顔が良く身分と実力があろうが、殺気を放ってきた相手と、仲良くなろうと思う人間は少数派のはずだ。

「だがコーデリア殿は今も私を恐れず、話しかけてくれているだろう？　そんな令嬢は妹以外、初めて出会ったから驚いているのだ」

ベルナルトの表情は変わらず、驚きとは程遠いが、言葉に嘘の気配も感じられなかった。

顔に出にくいだけで、コーデリアに対し確かに、驚きを覚えているのかもしれない。

「コーデリア殿はやはり、何か特殊な訓練を積んでいるのではないか？」

「そんなことありませんわ。魔術の心得はありませんし、剣術でさえ最近、始めたばかりのところです。単に家族に振り回された結果、ちょっと図太くなってしまっただけだと思います」

妹のプリシラの後始末に奔走し、コーデリアは鍛えられていた。

（私はそれなり以上に図太いのかもしれないけれど、何よりあの場には、殿下がいらっしゃったもの）

ベルナルトに殺気を向けられた時のことだ。

あの時コーデリアは一人ではなく、近くにはレオンハルトが気を配ってくれていた。

だからこそベルナルトから叩きつけられた殺気にも、過剰に反応しなくて済んだのだ。

レオンハルトがいてくれるからこそ、コーデリアは強くあれるのだ、と。そう口にするのは恥ずかしく、言葉も無く微笑んでいると、ベルナルトがわずかに紫の目を見開いていた。

「コーデリア殿は強いのに、そのように柔らかくも笑えるのだな……」

「何かおっしゃいましたか？」

ベルナルトにしては珍しい小さい声に、コーデリアが聞き返した。

しかしベルナルトは答えることなく、庭の中央、空地へと歩いていっている。つい漏れた独り言、さして意味のない呟きだったのだろうと、コーデリアは流すことにした。

「私はこれから、魔術の訓練を行うつもりだ。良かったら少し、見ていってくれないか？」

「はい、喜んで見学させていただきますね」

ベルナルトは魔術の戦闘運用の達人だ。

達人すぎてコーデリアには理解できない気もするが、もしかしたら聖剣を使う上で、何か参考になることがあるかもしれない。

聖剣の力を使いこなし、自在に火を操ることができるようになるために。

コーデリアはベルナルトの訓練を、じっと観察し始めたのだった。

心ゆくまで、ベルナルトの魔術の鍛錬を見学した翌日。コーデリアはレオンハルトに見守られ、聖剣を手に庭に立っていた。

大切なのはどのように力を使うのか、しっかりと想像をすること。

レオンハルトの助言に従い、コーデリアは意識を集中していく。聖剣から自在に炎を出すレオンハルトに、魔術で自在に雷と火を操るベルナルト。彼らの勇姿を思い出し、自らの想像へと重ねていく。

集中し集中し、柄(つか)を両手で強く握り込んだ。

(────今ッ!!)

想像と現実を重ね合わせ、勢い良く剣を振り上げる。

風を切る音と共に黄金の炎が、刃から放たれ飛んでいった。

「よし、成功だ!! 上達したなコーデリア!!」

レオンハルトが、自分のことのように喜んでいる。

コーデリアは腕の力を抜くと、振り上げていた聖剣を下ろした。

「できました!! レオンハルト殿下と、それにベルナルト様のおかげです……!」

コーデリアは上機嫌で笑った。

レオンハルトとの訓練の結果、コーデリアは素振りと共に炎を出したり、いくつか小技が使えるようにはなっていた。

護身術として、そろそろ実用水準に届きそうな出来上がりだ。

「コーデリア、おめでとう。よく頑張ってくれたな。おかげで俺の獣耳も、だいぶ安定して引っ込められるようになってきたようだ」

レオンハルトの言葉通り、金髪の上には、獣耳は見当たらなかった。

コーデリアが聖剣の扱いに慣れていくにつれ、獣耳や仔獅子姿への変化の制御も、より正確に行えるようになっているようだ。

やはりコーデリアと聖剣の関係が、レオンハルトの変調の原因の一つだった。

相変わらず原理はわからなかったが、このまま上手くいけば、立太子の儀にも間に合いそうな勢いを感じている。

（ベルナルト様のような、圧倒的な技量や才能は私には無いけれど……）

それでもレオンハルトの力になり役に立ちたいと、コーデリアは拳（こぶし）を握りしめたのだった。

「う～ん、手詰まりですね」

ゲイルがため息を吐き出した。ザイードの件の調査結果をまとめた紙片を手に渋い表情をしている。

コーデリアの聖剣の扱いが順調に上達している一方、調査は進展が見られなかった。

「怪しい奴はいますが、なかなか尻尾を出しませんね」

「これ以上探るのは難しそうですか？」

コーデリアが尋ねると、ゲイルが力なく頭を振った。

「時間さえかければ、なんとかなりそうな手ごたえはあります。が、何分、このままではいつ解決するか、見通しがつかないのが正直なところです」

「そうですか……」

コーデリアはしばし考え込んだ。

手元に集まった情報を整理し、犯人を炙りだすための提案を、ゲイルに一つ話すことにした。

「――――確かに悪い話じゃありませんが……」

「ベルナルト様にも一度、この話を考えてもらえないでしょうか？」

「ベルナルト様に、ですか。……わかりました」

ゲイルは悩みつつも、ベルナルトに話を通してくれた。

「――――勝算はあるように思えるな」

提案を聞いたベルナルトが、紫の目を興味深そうに眇めていた。

そんな彼へと、コーデリアがここぞとばかりに畳みかけるよう説得すると、最後には納得してくれたのだった。

◇◇◇◇◇◇◇◇◇◇◇◇◇◇◇◇

「おいおまえ、なんでこんなところにいるんだ？」

コーデリアを目ざとく見つけ、フランソワが大股で近づいてきた。

王都西区画にある酒場。以前ベルナルトたちとともに、調査に訪れていた場所の一つだ。

「釣りをしようと思いやってきました」

「釣り……？」

フランソワが怪訝そうな顔をしている。

「っ、ちょっと待て、まさか、っ!!」

フランソワが眼差しを険しくし、周囲を見回した。

「くそっ!!　油断したっ!!」

フランソワとコーデリアを囲むように。

何人もの男たちが、壁となって立ちふさがっている。服装はバラバラだが、全員がコーデリアたちへと、暗い眼差しを向けているのは共通していた。

「……無駄な抵抗はよしてもらおう。こちらとしてもできたら、怪我はさせたくないからな」

男たちがゆっくりと近寄ってくる。

腰の長剣へと手をかけ、フランソワが舌打ちをした。

「っちっ!!　コーデリア!!　おまえは先に逃げろ!!　ここは僕が食い止め――」

「フランソワ様、お待ちください」

「っ!?」

男たちには聞こえないよう、コーデリアは小声で囁いた。

「お願いです。目を閉じてください」

「目を、っ――――!?」

瞬間、光が勢いよく迸った。

発生源はコーデリアの袖口。服の中に隠していた、短剣サイズの聖剣からだった。

「がっ!?　何だこれ!?」

「何も見えないぞ!?」

閃光をまともに見てしまった男たちが、目を押さえふらついている。

(聖剣から、熱の無い炎を一気に放出しただけだけど、目潰しとしては強いわね)

コーデリアが習得した、聖剣の小技の一つだ。

視界を潰された男たちの包囲をすり抜け、素早く安全圏へと避難していく。

「くそっ!!　獲物が逃げるぞ追って――――がっ!?」

「何だちきしょ、ぐぅあっ!?」

男たちが次々と倒れていく中、物陰からベルナルトとゲイルが飛び出してくる。静かに身を潜め、コーデリアに万が一が無いか見守っていたのだ。

「コーデリア様、お手柄です。あとは俺たちが処理しときますね」

まともに目が見えない男たちを、ゲイルたちが手早く沈めていく。

その様子をフランソワが、おかっぱ頭を揺らし呆然と見つめていた。

「コーデリア、おまえ……。自分を餌にして、釣りをしたんだな？」

「はい。上手くいったようで良かったです」

コーデリアが、ベルナルトたちへと持ち掛けた計画だった。

(容疑者があと一歩、尻尾を出さないと言っていたもの)

ならば美味しい餌をちらつかせ、おびき出そうと思ったのだ。

容疑者たちも、コーデリアが色々と嗅ぎ回っているのは勘づいていたはずだ。

そこでそれを逆手に取って、わざとコーデリア一人で無防備に、容疑者たちがたむろしている酒場にやってきたのだった。

容疑者はエルトリアの軍人だったから、コーデリアがこの酒場を訪れる予定だと、エルトリア人に顔が利くゲイルに噂をばらまいてもらったのだ。

おかげでこうして、見事引っかかってくれたわけだった。

聖剣をドレスの中に隠したコーデリアは、無防備な令嬢にしか見えないからこその作戦だ。

(誤算があったとしたら、この場にフランソワ様がいたことね……)

おかっぱ頭を揺らすフランソワに、コーデリアはじっとりとした視線を向けた。

「私はてっきり途中まで、フランソワ様も容疑者の一味だと思っていました」

「はぁ!?　どこをどう見れば、その結論に辿り着くんだ!?」

フランソワが食ってかかってきたが、コーデリアにも言い分があった。

「最初からです。出合い頭から怪しかったですし、ヴェールを返してくれなかったじゃないですか」

「あれは僕が親切でやってやったことだぞ!?」

「……今ならわかりますが、あの時のフランソワ様、怪しさ全開でしたから……」

コーデリアは過去を振り返った。

あの時、ヴェールを風で飛ばした真犯人は、今伸びている容疑者たちの誰かだ。

ザイードと組んでいた容疑者たちは、ザイードの陰謀を砕いたコーデリアを逆恨みしている。

魔術で嫌がらせを仕掛け、あわよくばレオンハルトのそばから引き離し、危害を加えようとしていたのだ。

(そして、容疑者たちと同じエルトリア軍に属するフランソワ様は、容疑者たちの悪だくみに気づいてしまったのね)

だからこそ、コーデリアのヴェールを捕まえ、助けようとしていたのだ。

あの時素直に、風の魔術を使った真犯人をフランソワが教えてくれていたら話は早かったのだが……。容疑者たちは表向き、エルトリア軍に属している人間だ。同じエルトリア軍人であるフランソとしては、堂々と告発することも難しかったのかもしれない。

正義感と、同郷の人間への思いの板挟み。そんなフランソワの煮え切らない態度と、口の悪さが合わさった結果、ヴェール飛ばしの犯人だと、コーデリアは誤解してしまったのだった。

(……その後の容疑者探しの時にも、フランソワ殿下と出くわしたから、フランソワ様も容疑者の一味かと思っていたけど……)

真相は違ったようだ。

「……フランソワ様も元王太子ザイードの協力者が誰か、独自に探っていたのですね」

だからこそ共に容疑者を探し求める者どうし、怪しい場所で出会ったのだった。

「そんなの当たり前じゃないか。栄えあるエルトリア軍人として、同胞が悪行に手を染めているのを、黙ってただ見過ごすわけにはいかないからな」

フランソワが胸を張っている。

彼の志は立派が、態度がわかりにくすぎるのが難点だ。

コーデリアは彼の態度を解きほぐすべく、質問を重ねていった。

「フランソワ様はなぜ、あぁもベルナルト様に食ってかかっていたのですか？　あれが無ければもう少し早く、誤解が解けていたかもしれませんわ」

問いかけに、フランソワは眉を跳ね上げた。

「そんなの愚問だろうが!!　あいつに腹が立つからに決まっている!!」

勢いよく叫ばれ、コーデリアはびくりとしてしまった、
フランソワは拳を握りしめ、力の限り叫んでいるようだ。

「おまえだってムカつくだろう!?　あいつはいつもいつも!!　涼しい顔をしてとんでもないことをやってのけるんだ!!　僕の努力をあざ笑うように、軽やかに飛び越えていくんだぞ!?」

フランソワが吐き出したのは、いっそ清々（すがすが）しいほどの嫉妬の言葉だ。

悔しい腹立たしいと、全身で叫びを上げていた。

「フランソワ様……」

そして彼の叫びは、コーデリアにも理解できるものだった。

ベルナルトやレオンハルト、彼らの優秀さを目の当たりにするたびに。

心の底がくすぶるような嫉妬心と焦燥があるのを、否定できないからだ。

（フランソワ様も、私と同じように悩んでいるのかも……）

そう考えると少しだけ、気が楽になったかもしれない。

肩の力を抜き、コーデリアは周りを見回した。

ベルナルトはさすがに仕事が早く、容疑者たちをきっちりと縛り上げている。

「ベルナルト様、こちらの提案に付き合っていただき、どうもありがとうございました」

「渡りに船だったからな」

周囲の状況を確認しながら、ベルナルトがあっさりと答えた。

今回、コーデリアを餌にした計画を、レオンハルトに持ちかけるわけにはいかなかった。

ニニ誘拐事件の時のように、仔獅子姿で同伴する、という手が使えない今、レオンハルトが計画に反対する可能性が高かったからだ。

それゆえにこそコーデリアは、ベルナルトたちに計画を持ちかけたのだった。

「容疑者が確保できて、私は満足だが……」

きっと来るぞ、と。

ベルナルトが呟いたちょうどその時に、

「コーデリア」

屋敷にいるはずのレオンハルトの声に、コーデリアは瞳を見開いた。

（どうして殿下がここに……？）

計画が知られないよう、細心の注意を払っていたはずだ。

ベルナルトたちも、レオンハルトに知られないようにという、約束を破りはしていなかった。

同じ王都内とはいえ、ここから屋敷までは距離があり、いかにレオンハルトの感じる『匂（にお）いのようなもの』であっても、簡単には辿れないほど、遠く離れているはずだった。

「殿下……」

歩み寄ってくるレオンハルトに、コーデリアは思わず後ずさった。

レオンハルトは一切の表情を消し去り、ゆっくりとこちらへ歩いてくる。

仮面のようなその顔の下でどんな感情が渦巻（うず）いているのか、知るのが怖いほどだ。

「……黙って計画を実行して、心配をかけてしまい申し訳ありませんでした」

覚悟を決め、コーデリアはレオンハルトへと向き合った。

怒られるかもしれない。嫌われるかもしれない。

それでもその全（すべ）てを、逃げずに受け止めるべきだった。

「でも、私はっ――――!?」

ぎゅうっ、と力いっぱい。

気づけばコーデリアは、レオンハルトに抱きしめられていた。

「……かと思った」

「殿下……？」

「心臓が、止まってしまうかと思ったよ」

細く長く、レオンハルトが息を吐き出していた。

不安と恐れを、その全てを出し尽くすような、そんなため息だった。

「二度と、こんなことはやめてくれ」

レオンハルトはコーデリアを抱きしめたまま、力なくそう呟いた。

「……聖剣を持っていてくれたおかげで、聖剣の気配を辿って、ここまで来ることができたんだ」

「聖剣に、そんな使い方もあったんですね……」

コーデリアは答えつつも、罪悪感に責め立てられていた。

（殿下の力になりたいと、そう思って行動したつもりだったけれど……）

思っていたよりずっと、彼に心配をかけてしまったようだ。

コーデリアはそっと両腕を回し、レオンハルトを抱きしめ返した。

筋肉のついた男性らしい体つきを感じていると、レオンハルトが呟きを落としてくる。

「……コーデリアは焦っていたんだろう？」

何を、とは言葉にされなかったけれど。

コーデリアには心当たりのある指摘だった。

「……はい。殿下の婚約者になるのに相応しいのか、今でも自信が持てないでいるんです。異国に来てなお、揺るぎない心の強さと才覚を持つベルナルト様を見ていると、どうしても自分と比べてしまって……」

全てはコーデリアの、劣等感に端を発していた。

努力を積み上げることはできても、ベルナルトたち天才には届かないであろう自分に、コーデリアは焦りを消せないでいるのだ。

「俺は君に、誰よりも優れていて欲しいわけじゃないんだ。努力家でひたむきな君らしく、前に進んでいく姿が見たいんだよ」

「殿下……」

「焦っていい。悩んでもいいんだよ。君になら迷惑をかけられたって、むしろ嬉しいくらいだからな」

コーデリアの瞳をのぞき込んで、レオンハルトが小さく笑った。

「コーデリアはまだ、自分のことを信じきることはできないのだろうけど……。ずっと君の隣に俺がいるって、そのことは信じて欲しいんだ」

優しく温かな、それでいて切実なレオンハルトの言葉に、

「……はい」

コーデリアは頷きを返していた。

心の底にくすぶる焦りが、簡単には消えないのだとしても。

それでもレオンハルトがいれば大丈夫だと、彼のために微力でも支えになりたいと、そう願えたのだった。

6章　「先祖返りの秘密とは」

レオンハルトに心配をかけつつも、元王太子ザイードに協力していた容疑者のほとんどは、捕らえることができたようだ。あの日コーデリアが囮になり釣り上げた人間を辿り、ザイードに近しかった人間も捕縛することができたのだ。

細かな後始末は残っているが、既に山場はすぎていた。

レオンハルトの獣耳の制御の方も順調で、もうほとんど、元通りになってきている。コーデリアの屋敷を離れ、公の場にも復帰し始めているところだ。

あとは立太子の儀をこなし終えれば、コーデリアは晴れて、レオンハルトの婚約者として認められることになるのだったが――

「国王陛下が倒れられた……？」

王宮からの使者のもたらした一報に、コーデリアは顔が青ざめるのがわかった。

自国の王であり、そしてレオンハルトの父親だ。

彼の方を見ると翡翠の瞳が一瞬揺らぎ、動揺を押し隠したのがわかった。

「……どういうことだ？　詳しい事情を説明してくれ」

取り乱すことなく、感情を抑えた顔で告げるレオンハルト。

しかしその拳が、色を無くすほど握り込まれているのを、コーデリアは目にしてしまった。

「はいっ!! 僭越ながら説明させていただきます」

使者の述べた説明曰く。

国王であるバルムンクはその日、王宮の中庭を散策していたらしい。

当然、警備は厳重に敷かれている。

剣や槍、それに魔術師の襲撃に対しても、簡単に害されたりしないよう、万全の警備体制が取られていたようだ。

(なのにそれにもかかわらず、陛下は害されてしまった……)

どうやら敵は魔術師だったらしい。

らしい、としか言えないのは、使われた術式が、既存の魔術とは異なっていたからだ。吹き上がった黒い炎は護衛の魔術師の作り出した土の壁をすり抜けて、国王に直撃してしまったらしい。

「……父上の容体は今どうなっている?」

「不思議と大きな火傷や傷は無いのですが、一向に意識が戻らなくて……」

言いづらそうに、使者がレオンハルトへと告げた。

芳しくない知らせに、コーデリアの胸が騒いだ。

「……わかった。まずは、父上の見舞いに行かせてもらおう」

◇◇◇◇◇◇◇◇◇◇◇◇◇◇◇◇

国王が臥していることは緘口令が敷かれ、情報統制がなされている。

しかしこの手の情報は、どこかしらから漏れてしまうものだ。

主不在の王宮は、どこか重苦しい空気に包まれていた。

「レオンハルトお兄様っ!!」

馬車を降りると、フェミナが一直線に駆け寄ってきた。

しがみつくように、レオンハルトに抱きついている。

「良かった……！　良かったです！　お父様が襲われて、次はお兄様かもって……！」

「そう簡単に、俺はやられないよ」

ぽんぽん、と。

レオンハルトが優しい声音で、フェミナをあやしてやった。

(殿下も辛いのに、こんな時でも優しいのね……)

国王襲撃の報にコーデリアも動揺したが、国王の肉親である、レオンハルトとフェミナほどでは無いはずだ。

コーデリアがフェミナの背中をさすってやると、少し落ち着いてきたようだ。泣き疲れたフェミナをお付きの侍女に預けると、国王の寝室へと歩みを再開した。

国王の寝室の前には、十人近くの衛兵が陣取っていた。

これ以上、万が一にも国王が害されることのないよう、慎重に警護を行っているようだ。

「レオンハルト殿下、お待ちしておりました！」

「あぁ、父上に会わせてくれ」

敬礼し道を空ける衛兵に挨拶をしながら、コーデリアは寝室へと踏み込んだ。

布団がこんもりと、人の形に盛り上がっているのがわかった。

「……え？」

コーデリアは自らの目を疑った。

布団と重なるように、黒いもやがまとわりついているように見えたからだ。

幻覚？　それとも見間違いだろうか？

確認すべく、隣のレオンハルトに聞いてみようとしたところで、

（違う……？）

コーデリアは直感し、肌が粟立つのを感じた。

今隣にいるのは、レオンハルトであってレオンハルトでは決して無かった。

顔も形もそのままに、別の誰かと入れ替わってしまっている。

「あなた、誰……？」

恐る恐る問いかけると、翡翠の瞳がこちらを見下ろした。

（違う……!!　やっぱり絶対に違うわ!!）

翡翠の瞳の、その鋭さに身がすくむ。

レオンハルトがこのような目を、コーデリアに向けたことは一度も無いはずだ。

「ほう、聖剣を預けられた人間だけあって、さすがに頭は悪くないようだな？」

尊大な、傲慢（ごうまん）さを隠そうともしない口調だ。レオンハルトはまるで別人。コーデリアが見つめるうち、ゆらり、と。レオンハルトの体に重なるよう、豪奢な金の長髪を靡かせた美丈夫の姿が見えた。

「殿下は……レオンハルト殿下は、どこへ行ってしまったの……？」

「どこにも行っていないさ。単に裏と表が、ひっくり返ったに過ぎないからな」

「裏と表……？」

「なぁおまえ、先祖返りのこと、何だと思っていたのだ？」

くい、と。

顎（あご）に指をかけられ、顔を上向きにされた。

酷薄に煌（きら）めく緑の瞳が、正面からコーデリアを射貫（いぬ）いている。

「先祖返りとはすなわち、祖である聖獣の生まれ変わり。人の皮を被（かぶ）った聖獣そのものであるからこそ、人ならざる力が使えるのだ」

「生まれ変わり……」

つまりレオンハルトは、ライオルベルンの初代国王その人ということだろうか？

わからないことばかりだが、コーデリアには聞かなければならないことがある。

「私が今まで接してきた殿下は、今どうしているのですか？」

震える声で問いかける。

心臓が不規則に脈打ち、冷や汗が背中を滑り落ちていく。

——もしレオンハルトに、二度と会うことができないとしたら。

コーデリアの心はきっと、ひび割れ元に戻らないはずだ。

「それについては心配するな。用事が終わったら戻ってやるさ」

用事とは、いったい何なのだろうか？

考え、コーデリアは答えに行き当たった。

「……もしかして国王陛下の体にまとわりついている、その黒いのを消そうとしているのですか？」

「だいたいそんなところだな」

レオンハルトだったモノ――――彼の言葉が正しいのならば聖獣、ライオルベルン王家初代国王ライオネルがそう告げた。

ライオネルは国王の元へ向かうと、すいと右腕をかざしている。

「燃えろ。呪いの残滓よ焼け落ちよ」

「っ!?」

ごうっ、と。

黄金の炎が噴き上がり、国王の体を包み込んだ。

炎は火の粉を散らして燃え盛り、黒いもやを消し去っていた。

「これで、国王陛下は助かるのでしょうか？」

「知らん。それなりに魂に負担がかかってるから、あとは器の……肉体の強度次第だろうな」

「……ありがとうございます」

原理はわからないが、国王を助けてくれたのは確かなようだ。

コーデリアが礼を述べると、顎を掴まれてしまった。

「何をするんですか？」

「礼がしたいんだろう？　黙ってこちらに任せておけ」

迫ってくるライオネルの顔。

固まるコーデリアの脳裏によぎるものがある。初代国王ライオネル。聖獣の伝説を持ち、英雄と崇められている彼は、『英雄色を好む』を体現するような逸話の持ち主で――

「ぐっ!!」

「きゃっ!?」

突如突き放されてしまう。たたらを踏み視線を上げるとライオネルが、いや違うレオンハルトが、強く胸元を押さえ込んでいた。

「くそっ、ふざけたことをしてっ……!!」

珍しく悪態をつくレオンハルトを、コーデリアは呆然と見つめた。

手を差し伸べ、頬に指を滑らせていく。

「殿下……？　今ここにいるのは、レオンハルト殿下なのですよね……？」

「あぁ、そうだ。すまなかったな――っ!!」

がばり、と。

気づけばコーデリアは力いっぱい、レオンハルトに抱きついていた。

（怖かった……!!）

あのまましも、レオンハルトの人格が戻ってこなかったら？

足元に底なしの穴があいたように、強い恐怖が襲ってきた。

「殿下、良かったです……!!」

「コーデリア……」

ひしと抱きつくコーデリアを、レオンハルトが抱きしめ返してくる。確かな体温を感じていると、コーデリアも少しずつ落ち着いてきた。

「殿下、今はもう、お変わりはありませんか？」

「……問題ないと言えれば良かったんだが……。これを見てくれ」

レオンハルトが体を離し、胸のあたりを指し示した。初めは変わりなく見えたが、じっと見ているうちぼんやりと、金色の炎が灯っているのが確認できた。

「この炎の色は、先ほどと同じ……」

「そのようだ。俺の胸の奥、体の中心に、今も炎が渦巻いているのを感じるんだ」

レオンハルトの言葉を確かめるように、コーデリアは翡翠の瞳をのぞき込んだ。

瞳に宿る光は優しく穏やかで、先ほどの荒々しい、ライオネルの気配は見受けられなかった。

コーデリアが安堵の息を吐き出すと、落ち着かせるようにぽんぽんと、レオンハルトに頭を撫でられていた。

「いきなり、ライオネル陛下に意識が乗っ取られることは無いはずだ。陛下は先ほど、父上を助けるために炎を使ったことで、しばらく休むつもりのようだからな」

「今ライオネル陛下がどんな状態か、殿下には感じられるのですか？」

「あぁ、ぼんやりとだが、陛下の意識が伝わってくるようだ。……俺が陛下と同じ魂を持った生まれ変わりというのは、本当なのかもしれないな」

「…………」

「そんなに心配そうな顔をしないでくれ。ライオネル陛下が表に出ていた間の記憶も、俺は持っているんだ。今のところ、意識の主導権もこちらにあるようだから、先ほどのような不埒な真似を、陛下に許すつもりは無いよ」

そう言ったレオンハルトの瞳は、鋭く冷え込んでいた。同じ魂の持ち主とはいえ、ライオネルがコーデリアに口づけすることを、決して許しはしないようだ。

「……いつまでもここにいては衛兵たちに不審がられるから、まず移動することにしよう」

コーデリアたちは国王の部屋を辞し、そのまま王宮から帰ることになった。

レオンハルトの持つ屋敷に到着し一休みし、先ほどの出来事を整理することにした。

二人で情報を出し合ったが、あいにく国王の部屋で判明したこと以外、めぼしい収穫は無さそうだ。

「コーデリア、俺は今日もう一度、体の主導権をライオネル陛下に渡したいと思う。……悪いがどうなるか見守り、ライオネル陛下と対話してくれないか？」

「……わかりました」

コーデリアは頷くしかなかった。レオンハルトの体をライオネルが使うのは不安しかないが、絶望的に情報が足りていないのが現状だ。

「殿下、念のためもう一度お聞きしますが、意識の主導権は、いつでも取り戻せるのですよね？」

「あぁ、おそらくはな。二十年間、俺は俺として生きてきたんだ。そう簡単に、意識の主導権を奪われることは無いはずだ」

レオンハルトの言葉に、嘘の気配は感じられなかった。

不安が完全には拭われていないが、コーデリアはレオンハルトの頼みを聞くことにする。

「ありがとう、コーデリア」

レオンハルトは目をつぶると、一つ深呼吸をした。

吸って、吐いて、次に息を吸った時には。

身にまとう気配が一変し、文字通り別人になっていた。

「余の眠りを妨げるのは誰だ……？」

不機嫌さを隠すことも無く、ライオネルがそこに立っていた。喉の奥から唸るように声を出しており、人間というより何か、猛獣を連想させる姿だ。眇められた翡翠の瞳がコーデリアを捉えると、かすかに愉快げな光が灯った。

「またおまえか。余に何か、聞きたいことでもあるのか？」

「……聞きたいことばかりです」

改めてしっかりと、コーデリアはライオネルを見た。レオンハルトの体と重なる長髪の姿を観察するのは、だまし絵を見るようで不思議な感覚だ。顔の作りはレオンハルトによく似ているが、表情は大きく異なっている。自信が滲み出たような傲慢な笑いは、どちらかと言うとザイードに印象を感じさせた。

（……考えてみれば、レオンハルト殿下の兄であるザイードだって、ライオネル陛下の遠い子孫なのは同じよね）

ならばある程度、雰囲気が似てもおかしくは無いのかもしれない。

コーデリアは考えつつ、ライオネルと向き合った。

「国王陛下を蝕んでいた、あの黒いもやは何なのですか？　それにレオンハルト殿下がライオネル陛下の生まれ変わりとは、どういうことなのか説明をしていただきたいです」

「一気に尋ねるな。……しかし余は寛大だから、順番に答えてやってもいい」

ライオネルはめんどくささを隠そうともしないが、一応答えてくれる気はあるようだ。

長椅子に寝そべると、寛いだ姿勢でコーデリアを見ていた。

「黒いもや、あれは呪術を使われた証だ」

「……呪術？　魔術の一種ですか？」

「はぁ？　ふざけるなよ」

「っ!!」

コーデリアは喉をひくつかせた。

突然叩きつけられた殺気は、実体があるかのような圧迫感だ。

「ふざけたことを抜かすな。呪術と魔術は丸きりの別物。世界の理に則った力が魔術であり、呪術はその反対、世界を侵す力だ」

「世界を侵す……」

殺気から解放され、コーデリアは唇を動かした。

ライオネルが口にした不吉な言葉に、ごくりと生唾を飲み込む。

「そうだ。呪術は自らの魂や、魂の溶媒たる血液を燃料に、あり得ざる事象を引き起こす力だ。肉体に宿る魔力を媒介に発動する、魔術とは全くの別物だからな」

「……別物」

正直なところ、ライオネルの言っていることはわからないことばかりだ。

だがわからないなりに、呪術というのが決して歓迎されない、薄暗い技術なのは察せられた。

「その呪術というのは、誰でも使うことができるのですか？」

「可能だ。魔術を使うには、魔力の高い肉体が必要だが、呪術の燃料は魂だからな。魂は誰もが持っているから、あとは呪術の知識と、呪具さえあれば呪術の行使は可能だ」

「呪具、とはどんな形をしているかお聞きしても？」

「これといった形は決まっていないな。呪具を作るには専門の知識が必要だが、逆に言えば知識さえあれば、様々な形の呪具を作成可能だ。指輪に宝石、紙片に布きれ。余が直接見たものだけでも、呪具の形は色々だったな。呪具さえあれば、誰でも呪術を使えるのだから、厄介なことこの上ないぞ」

確かにそれは厄介だ。

コーデリアは少し考え、対策を尋ねることにした。

「呪具とそれ以外を見分ける、判別点は何かあるのでしょうか？」

「おまえになら見えるはずだ」

「私が？」

ライオネルがゆるりと自らの胸元を、レオンハルトの体を指さした。

「おまえには、この炎が見えているんだろう？」

「はい。最初はぼんやりとでしたが、今ははっきりと見えています」

「ならば呪具についても、判別が可能なはずだ。呪具というのはすべからく、先ほどの国王のように、黒いもやをまとっているものだからな」

「なるほど、黒いもやが見えたら呪具なのですね。……あのもや、他の方たちは見えていないようでしたが、私が目にすることができるのは、レオンハルト殿下のおかげなんでしょうか？」

「そうだろうな。おまえは聖剣を身につけていたおかげで、力の一部が移っているようだ」

「聖剣の力が私に……」

コーデリアに自覚はなかったが、いつの間にか変化が訪れていたようだ。

「……聖剣に、そんな力があったとは驚きです。聖剣とはいったい何なのか、詳しく教えてもらうことはできますか？」

「一言で言えば楔だ」

「楔……？」

剣ではなく楔。

よくわからなかったので、追加で説明を求めることにした。

「申し訳ありません。もう少し噛(か)み砕いて、説明をお願いできるでしょうか？」

「面倒だな」

ぐだりと、ライオネルが長椅子の上で寝がえりを打った。だらしない姿勢なのに見苦しさを感じさせないのは、身の内側から発せられる覇気か何かのおかげかもしれない。

「なぜわざわざ余が、一から十まで説明してやらねばならないのだ？」

「そこをどうか、慈悲を持ってお願いできませんか？」

猛獣の機嫌を取るような心持ちで、コーデリアはお願いをした。

今のところライオネルしか情報源がないため、機嫌を損ねられないのだ。

「願いには対価が必要だ。おまえがその身を差し出すと言うなら、答えてやってもいい」

「っ……！」

ライオネルの手が伸び、コーデリアは震えてしまった。レオンハルトとよく似た顔で触れてこようとする、けれど違う存在であるライオネルに脳が混乱してしまう。

「————ぐっ!!」

固まるコーデリアの前で、ライオネルが胸を押さえ込んでいた。

「ぐっ……。この生意気なっ！　余の転生体はずいぶんと、おまえに執心しているようだな」

「レオンハルト殿下が……」

コーデリアの体の強張(こわば)りがほどけていった。

姿は見えず声も聞こえないが、レオンハルトが助けてくれたようだ。ライオネルの体の奥、魂とでも言うべき場所にレオンハルトの意識は今、存在しているのかもしれない。

「……仕方ない。無駄に争うのも億劫だから、聖剣についても教えてやろう。聖剣は余の因子を、血脈に留め置く楔の役割が本質だ」

「陛下の因子？」

「そうだ。少し考えてみればわかるだろうが、世代を重ねるごとに血は、どんどん薄くなっていくものだ。十代も経てばほぼ他人と言っていいほどの血しか、その末裔に流れていないことになるが……。この聖剣が宿る、余の血脈は特別だ。子が生まれる際、余に近しい因子を色濃く受け継ぐよう、代々影響を与えているからな」

「だから楔なんですね……」

薄まっていく特別な血を留めるための機構こそが、聖剣の本質であるようだった。

「本来の役目はわかりましたが、ならばどうして私が聖剣を握ると、炎を操ったり、黒いもやが見えるようになったのですか？」

「副次機能の一つだ。代を経て血が薄まってしまった際、余の力を思い出させるように、その力の一部が、聖剣には収められている。ただの人間であれ長い間聖剣を手にしていれば、影響を受けることになるはずだ」

「なるほど……」

謎が一つ解け、コーデリアは小さく頷いた。

しかし一つの答えはまた新たな疑問を生み出し、連鎖していくようだ。

「ライオネル陛下はなぜそこまでして、自らの血と力を残そうとしたのですか？」

「それが役割だからだ。世界を侵す存在、呪術師や呪具を焼き付くすことこそが、余の動く理由だ」

「呪具……」

再び戻ってきた話題に、コーデリアはしばし考え込んだ。

「国王陛下に呪術を使ったのが誰なのか、ライオネル陛下はおわかりなのですか？」

「知らん。余は呪術の残滓を焼いただけだからな」

どうやら駄目なようだ。

コーデリアは肩を落とし、少しの間目を閉じていた。

落胆した気持ちを入れ替えると、もう一つ質問をすることにする。

こちらはちょっとした、好奇心のようなものだった。

「先ほどライオネル陛下は先祖返りであるレオンハルト殿下のことを、ライオネル陛下の生まれ変わりだとおっしゃっていましたよね？」

「言ったな」

「……なら私や他の人間にも、前世があるということですか？」

「あるぞ。それがどうした？」

ライオネルは簡単に言っているが、なかなかに衝撃の事実だ。

（私の前世、どんなのだったのかしら？　女だったのか男だったのか、それとも人間ではなかったのか……気になるわね）

コーデリアが想像を広げていると、ライオネルが鼻で笑う気配がした。

「やめておけやめておけ、前世が気になるようだが、前世の記憶を思い出したって、ろくなことにならないぞ？」

「どういうことですか？」

「死ぬからだよ」

「……えっ？」

物騒な単語が飛び出してきた。

「それはどういう……？」

「考えてみろ、自分じゃない自分の記憶を抱えて、それで人間は平気でいられると思うか？」

「それは……」

「うっかり前世の記憶なんて思い出してみろ。思い出した瞬間に衝撃で廃人になるか、数日をかけて記憶と自我が混濁し荒廃していくか……。どちらにしろ、人間として死ぬのは避けられないからな」

思った以上に、恐ろしいことになるようだ。

(気安く、前世を知りたいなんて思っちゃ駄目みたいね)

コーデリアは肝に銘じることにした。

「まぁ、人間の場合は死後に記憶が洗い流されるから、前世のせいぜい名前と、断片的ないくつかの記憶くらいしか、持ち越せないけどな」

「そう……。でも、少しお待ちください」

看過できない事実に気がつき、コーデリアはライオネルを見つめた。

「でしたらライオネル陛下はなぜ記憶を持ったまま、レオンハルト殿下の中に存在しているのですか？」

「人間じゃないからさ」

馬鹿にしたように、ライオネルが笑みを浮かべた。

「言っただろ？　余は呪術の類を滅ぼすために存在していると。力を振るうには肉体が必要だから、こうして余の血を色濃く残す血脈を作りそこへ転生し、その肉体を間借りしているに過ぎないさ」

「間借り……」

言葉の響きを、コーデリアは噛みしめた。

ライオネルがこうして、意識の表に出てきているということは。

「国王陛下に呪術を使った人間を見つけるまで、ライオネル陛下はレオンハルト殿下の中にずっといるのですよね？」

「そのつもりだ。嫌ならばさっさと、呪術師を見つけることだな」

説明は終わったとばかりに、ライオネルが瞼を閉じる。

次に翠の瞳が開いた時には、レオンハルトがそこにいた。コーデリアは安堵し、細く息を吐き出す。

「殿下、お帰りなさい。ライオネル陛下の話、殿下も聞こえていらっしゃいましたか？」

「あぁ、聞こえていた。父上を襲った呪術師については、ぜひ俺も見つけ出したいが……」

「誰もが呪術師たりえると言われると、疑うべき対象が多すぎますよね……」

レオンハルトと二人、コーデリアは唸り声を上げてしまった。

王都だけでも、人間の数はとても多いのだ。一人ひとり調べていては、到底追い付かなかった。

「帝国軍人のアレンが近頃、怪しい動きを見せているが、今のところ証拠は無いからな……」

「アレン様が、ですか？」

「あぁ、そうだ。この国では、呪術師が関わっているらしき事件は今まで無かったんだ。異国の人間が関わっていると考えた方が筋が通るし、ちょうどアレンらが数日後に、王都北部で何やら大規模な動きを計画している節もある」

「王都北部で大規模な計画……」

あからさまに怪しかった。

手がかりが無い今、アレンを見張るくらいしか、できることが無いというのもある。

(でも、ちょっと待って。本当にアレンや彼の周囲の人物が、呪術師なのかしら？)

コーデリアは首を捻ると、レオンハルトにいくつか、確認をすることにしたのだった。

「父上、だいぶ血色が良くなっているな」
レオンハルトが国王の寝室で、ほうとため息をついている。
ライオネルを名乗る存在が、黒いもやを消し去ってから三日後。国王は幸運にも、快方へと向かっているようだ。コーデリアも胸を撫で下ろし、肩の荷が一つ下りた気分だった。

（良かった。これであとは、アレン様たちの動きを押さえられれば……）

事態はひとまず収束に向かうと思いたかった。国王の寝室を訪問後、いくつか準備を行ううち、コーデリアたちは翌日の夜更けを迎えた。

今レオンハルトと共にいるのは、王都南部にある王立魔術局の敷地内だ。

アレンと初めて会った時、彼は大柄な軍人を囮にして視線を集めた隙（すき）に、コーデリアのヴェールを手に取っていた。あの時と同じで、あからさまに怪しい、王都北部の動きは陽動の可能性がある。

優秀な軍人らしいアレンが、事前に自身の計画を掴ませるのだろうかと考えると、やはり王都北部は陽動のように思えてならなかったのだ。

北の反対、王都南部の重要施設と言ったら、王立魔術局が筆頭にあがってくる。

他にもいくつか候補はあるが、コーデリアたちの本命はここだ。

大々的に兵を動かすには確証がなく、また呪具を判別できるのがコーデリアたちだけであるため、二人で行動をしている。

レオンハルトと共に見張っていると深夜、にわかに騒がしくなってきた。

「当たりのようだな」

レオンハルトが、隠れていた茂みから立ち上がった。

瞳を一度閉じると、ライオネルへと人格が切り替わっている。

「行くぞ。ついてこい」

コーデリアを引き離し、ずんずんとライオネルは突き進んでいく。

普段二人で歩く際、いかにレオンハルトが配慮してくれているか、よくわかる瞬間だった。

「あれは……！」

進む先に見覚えのある、黒いもやが漂っている。

誰かが呪術を、使用した証だった。

急いで向かうと魔術師たちの暮らす寮の前に、一人の少年が立っている。

「あなたは……」

以前、ベルナルトと王立魔術局を訪れた際、虐められていた少年ジュリアンらしき姿だ。

黒いもやをまといながら、寮を背にこちらを振り返った。

「あ、クッキーのお姉さんですね」

コーデリアは軽く拳を握った。

やはり、あの日出会ったジュリアンで間違いないようだ。

「あなた、これから何をするつもり？」

「何って、全部燃やすつもりですよ？」

何でも無いことのように、ジュリアンがそう答えた。

あまりにも普通なその様子に、コーデリアの背筋が寒くなった。

（虐められても、どこか達観してるように見えたけれど……）

あれは、諦めでも受容でも無かったということだ。

魔力が弱いせいで虐められていたけれど。

そこへ魔力など関係ない、呪術という力を手に入れたことで、心に余裕ができたのかもしれない。

「ジュリアン、考え直して。呪術は、魂を燃料にする力だと聞いているわ。呪術を使えば、あなただってどうなるかわからないのよ？」

「だから？」

ジュリアンが首を傾げた。

「呪術を使わなくたって、僕は虐められて、どうにかなってしまいそうなんだ。なら、呪術にすがって頼って、うっとうしいもの全部燃やしてしまった方が、すっきりすると思いませんか？」

「ジュリアン……」

これはもう手遅れだと、コーデリアは悟らざるを得なかった。

言葉で制止できる時期は、とっくに過ぎていたようだ。

ジュリアンは大きく両腕を広げると、指輪を高らかに宙に掲げた。

「燃えろ燃えろ！　全部燃えてしまえ‼」

ジュリアンが何やら口ずさむと、右手首から血が噴き出し、指輪へと吸い込まれていく。

血を呑み込んだ指輪からは入れ替わりに、黒い炎が噴き出してきた。

「ちっ、この愚か者め」

舌打ちと共に、ライオネルが一歩前に出る。

特別な動作などでは無い、たったその一挙動で。

「なっ⁉」

金色の炎が咲き誇るように燃え上がり、黒い炎を呑み込んでいく。

指輪から漏れだした黒い炎のことごとくが、ライオネルにより跡形もなく消されていった。

「そんな、嘘だ！　どうしてこの、特別な黒い炎が消されるんだよ⁉」

「特別は一つだけじゃない、ってだけの話だ」

冷えた視線を、ライオネルはジュリアンに注ぎ続けている。

人間にとっては脅威となる黒い炎も、彼にはまるでこたえていないようだ。

「そんなっ……」

呆然とうなだれるジュリアン。

その背中に、コーデリアは遣(や)る瀬ない悲しみを感じた。

（魔力に恵まれなくて、それですがった先の呪術でも、敵(かな)わない相手に打ちのめされてしまった……）

呪術に関しては自業自得(じごうじとく)だが、哀れさも感じる姿だ。

失意のジュリアンはやがて呪具を使った影響なのか、気絶するように眠り込んでしまった。

念のため縛り上げていると、ライオネルの気配がふいと揺らいだ。

「女、余はそろそろ眠ることにする」

「お疲れですか？」

ジュリアンを圧倒していたライオネルだが、こちらもこちらで、どうも反動があるようだ。

「今この肉体の主導権を握っているのはレオンハルトだ。かつての余にとっては些細な力でも、今振るうには枷が多すぎる。この肉体を主導権ごと、奪ってしまえれば色々と捗るのだが……」

「陛下どうぞ、健やかにお休みなさってください」

コーデリアは素早く言い切った。

レオンハルトのことを思えば、ライオネルの提案は到底受け入れられないものだ。

「おまえもこの余にずいぶんと言うようになったな……」

ライオネルの目が据わっていた。

彼への恐れ、そして尊敬は未だコーデリアの中にあったが、会話を重ねるうちに少し、慣れてきてしまった部分も存在している。

（人ならぬ存在で、傲慢な物言いのライオネル陛下だけど……）

レオンハルトと魂を同じにする存在だけあってか、根は悪い相手では無いのかもしれない。

コーデリアがそう考えていると、ライオネルの気配が消えレオンハルトの意識が戻ってきた。

レオンハルトにジュリアンを運んでもらい、魔術局の衛兵に引き渡す頃には、深夜も半ばを過ぎたようだ。明け方へと向かう星空を見ながら、レオンハルトと二人王立魔術局の出口へと向かうと、こちらに向かってくる影があった。

「アレン様……」

「こんばんは。それとも、ぼちぼちおはようになるかな？　どっちにしろ、まだ暗い中ご苦労様だ」

道端で偶然出会ったような、ごく気安い挨拶だった。

しかしここは深夜の魔術局の敷地内で、決して自然に訪れる場所では無かった。

「そちらの目論見は、外れてしまったようだな」

コーデリアを守るように、レオンハルトがアレンと相対した。

「何のことを言ってるんだ？」

「認めないつもりか？」

あくまで白を切るアレンに、レオンハルトの瞳が細まった。

鋭さを増した視線に、アレンはわざとらしく肩をすくめている。

「証拠はあるのか？　俺はたまたま、夜の散歩に来ただけだよ」

「言ったな。ならばじっくりと、取り調べをさせてもらおうか」

「はは、怖いな。だがそんな余裕、果たしてそちらにあるかな？」

「何を言って────っ⁉」

レオンハルトの瞳が見開かれた。

何事かとコーデリアが身構えた一瞬の後。

王都西部の方角に、黒々とした炎が立ち上がった。

「なっ、あの炎は……‼」

つい先ほど、ジュリアンが生み出していた炎と同じ、おそらくは呪術によるものだ。

距離は大分あるようだが、それでもなお目視できるということは、かなり大きな炎のようだった。

「アレン様、あれもあなたたちが────っ‼」

気がつけばアレンの姿は、煙のように消え失せていた。

コーデリアたちの意識が炎に奪われていた短い間に、するりと姿を消してしまったようだ。

「殿下、その鼻で、アレン様の行方はわかりますかっ⁉」

「っ、可能だがアレンを追っている間に、あの炎の被害が拡大してしまいそうだ！」

レオンハルトの返答に、コーデリアは唇を噛みしめた。

今上がっている炎も、アレンが糸を引いているに違いない。

わざわざアレンがこの場に、コーデリアたちの様子を見に来たのも、騒ぎに乗じて逃げおおせる自信があるからこそのはずだ。

「アレン様の用意した囮は、一つでは無かったということね……！」

王都北部で見つけられた怪しい動き。

コーデリアたちはそれこそが囮だと思っていたが、囮は一つでは無かったのだ。

この魔術局こそがアレンの用意した本命の囮。

囮を見破り、勝った気になったコーデリアたちをはめるべく用意された、二段構えの囮だった。してやられた形だが、今は後悔より先に、呪術の炎を消し止めるのが優先だ。

「殿下の炎なら、あの黒い炎も消し飛ばせますよね？」

「あぁ、できるは……」

ふいにレオンハルトが黙り込んでしまった。

目をみはり、掌を開け閉めさせている。

「駄目だ。出ない。炎が出せなくなっているようだ」

「えっ⁉」

まさかの事態に、コーデリアは叫んでしまった。

「なぜ急にそんなことに……？」

「……おそらく、この体でライオネル陛下が力を振るった影響だ。しばらくの間その反動で、炎が満足に出せなさそうだ」

「そんなっ……！」

あまりにも間が悪いことだ。

コーデリアが愕然としていると、レオンハルトの気配が一変した。

「ちっ、緊急事態だ。この肉体、さっさと余に明け渡してもらおう」

「駄目ですっ‼」

咄嗟にコーデリアはレオンハルトを――ライオネルの肩を掴んでいた。

先ほどライオネルが、自らの全力で力を振るうためには、肉体の主導権が必要だと言っていたのをコーデリアは覚えている。

肉体の主導権を奪われたレオンハルトがどうなるかわからず、到底受け入れることはできなかった。

動揺のあまりライオネルの肩を掴んでいると、再びその気配が揺らぐのを感じる。

「コーデリア、放してくれ。残念ながら今は、他に手段が無さそうだ」

レオンハルトだ。

コーデリアを説得するように、肩の手に掌を重ねてきた。

「ですがそれでは、殿下がどうなるかわかりませんっ!!」

「……黒い炎が上がっているのは、貴族たちの屋敷が集まった一帯に近い場所のようだ。このまま手をこまねいていれば、貴族も平民も、何人も死んでしまうはずだ」

「っ……!!」

コーデリアは唇を噛みしめた。人命を失わせるわけにはいかないが、それでもレオンハルトのことを思うと、迷いが振り切れないでいる。

何か方法はないか、他に手段はないかと考え、考えに考えていき――――

『聖剣です!!』

その存在を思い出した。

今日も念のためにと、ドレスの中に短剣サイズにした聖剣を、護身具代わりに持っていたのだ。

『殿下は今、獅子の姿に変じることはできますかっ⁉』

「それくらいならできそうだが……コーデリア、まさか君は――――」

「私が聖剣から黄金の炎を生み出し、あの黒い炎を消し飛ばそうと思います」

「危険だ!!」

すぐさまレオンハルトが叫んだ。

聡明な彼が、コーデリアに言われるまでこの方法を思いつかなかったのは、コーデリアの危険が大きいため、無意識に思考から排除していたせいだ。

「今上がっている黒い炎は、ジュリアンのものより何倍も大きいんだ！　もし近くへ行って消すのに失敗したら、どうなるかわからないんだぞ!?」

「ですが見過ごすことはできませんっ!!」

「だから俺が、ライオネル陛下に肉体を譲り渡して――――」

「嫌ですっ!!」

コーデリアは拒絶を、わがままをレオンハルトへと叫んでいた。

もしレオンハルトが肉体をライオネルに渡し、二度と言葉を交わすことができなくなってしまったとしたら？

そんな未来があるとしたら、コーデリアが危険を冒してでも、黒い炎を消しに行きたかった。

「殿下、お願いです。獅子の姿で私を黒い炎の元まで運んで欲しいのです」

「っ……!!」

レオンハルトの心中を、葛藤（かっとう）が吹き荒れているようだ。

コーデリアの願い、彼女の安全、今にも死人が出るかもしれない状況。

理性と感情、私心と正義感がぶつかりあい、ついに答えが定まったようだ。

「……一度だけだ。獅子の姿で、君をあの黒い炎の近くに運ぶから、一度だけ聖剣を振るってくれ。それで黒い炎が消えなかった場合は俺に任せてくれると、そう約束してくれるな？」

レオンハルトの出した答えに、コーデリアは静かに頷いた。

これでいいよいよ、失敗することはできなくなってしまったようだ。

一つ深呼吸をして覚悟を決めると、獅子の姿へと変じた、レオンハルトの背へと腰かけた。

「殿下、お願いします！」

「がうっ‼」

レオンハルトは一鳴きすると、四本の足で走り始めた。

瞬く間に魔術局の敷地を抜け、王都の町並みを駆け抜けていく。

地を蹴る足は力強く、ぐんぐんと黒い炎の元へ近づいていった。

「到着っ！」

今やコーデリアの目の前では、黒い炎が盛大に燃え上がっていた。住人たちは外へ避難しているようだが、このまま火勢が強くなれば、いずれ逃げ場を失ってしまいそうだ。

（――――集中よ）

レオンハルトの背から降り、コーデリアは黒い炎と向き合った。

手にした聖剣を構えると、いつの間にやら刃渡りが長くなり、本来の長剣の長さになっている。

『がうっ！』

レオンハルトがたてがみを揺らし頷いている。

聖剣の力が発揮しやすいよう、何やら助けてくれたようだ。

コーデリアは感謝しつつ、集中していった。

聖剣を扱うのに大切なのは想像力だ。黄金の炎が生まれ、黒の炎をかき消していくその光景を。何度も目の前に思い描き、強く聖剣の柄を握った。

「～～～～～～っ！」

今だ、と告げるようなレオンハルトの咆哮(ほうこう)と共に、

(当たってっ……！)

コーデリアは聖剣を振り上げ、黄金の炎を生み出すことに成功していた。

視界いっぱいに広がった黄金の炎は宙を飛び、黒の炎に当たり消し去っていく。

金色の火の粉が舞い散り、見る見るうちに黒の炎は小さくなっていった。

「やった……！」

全(すべ)ての黒の炎が消滅したのを確認し、コーデリアは聖剣の切っ先を下ろした。

レオンハルトの背中に体を預け、極度の緊張からの解放にぐったりとしていたところ、

「聖獣様……？」

「黒い炎はどうなった!?」

「聖女様と聖獣様が、黒い炎を消してくれたのか？」

「聖女様!!」

「聖女様と聖獣様だっ!!」

「獅子の聖女様のおかげだ!!」

野次馬に囲まれそうになったため、慌ててレオンハルトの背に乗り、その場を去ることになるのだった。

終章　「新しい生活が始まるようです」

呪術による事件から、一月が過ぎた頃のことだ。

王都西部を襲った黒い炎はコーデリアらの活躍により消し止められ、幸いにして人命の喪失はゼロに抑えられていた。

『獅子の聖女』、コーデリアの名声は更に上がっていたが、万事解決とはいかなかった。

「結局、アレンや帝国が関与していたという証拠は、見つからないままだったのよね……」

コーデリアはぽつりと呟いた。

あの晩、魔術局に姿を現したアレンだったが、黒い炎にまつわる一連の事件の首謀者だという、確たる証拠は一つも発見されていなかったのだ。

尻尾を掴めなかったのは残念だったが……。

おそらくはアレンたちも、呪具を用いたここまで大規模な行動は、そうそう起こせないはずだ。でなければ今頃、あちこちで呪術による犯罪や、騒動が巻き起こっているはずだからだ。

今は潜伏して力をためている期間の可能性もあるが、ひとまずの平穏は確保できたことを、喜ぶべきだとコーデリアは考えていた。

「コーデリア、準備はできたかい？」

白の正装に身を包んだレオンハルトが、控室をのぞき込んできた。

今日はレオンハルトの立太子の儀と、コーデリアとの正式な婚約を結ぶ日だ。

コーデリアは侍女が着つけてくれたロイヤルブルーのドレスの裾を、優雅にさばき立ち上がった。

長く裾をひくデザインで、動くたび艶やかに、海のように生地が輝きを変えている。

「はい、殿下。今日は一日、よろしくお願いしますね」

「あぁ。ついにこの日がやってきたからな」

差し出されたレオンハルトの手を取り、コーデリアは歩みだした。

今進んでいる廊下を抜ければ、多くの人が集まる大広間だった。

少し緊張していると、優しく手を握られる。

握り返すと、レオンハルトの緑の瞳が細められた。

そんな些細な仕草が愛おしくて、これから彼との毎日を重ねていけることが嬉しくて、コーデリアは頬が緩みそうになってしまう。

(駄目よ駄目。これから式典よ。しゃんとした顔を見せないと)

気合を入れ直していると、背後から猫の声が聞こえた。

控室を抜け出したニニだろうか？

コーデリアが振り返るとそこにいたのは、

「レオンハルト殿下……？」

仔獅子姿のレオンハルトそっくりの猫……いや、仔獅子が、じっとこちらを見上げていた。

「この子はいったい……？」

コーデリアが首を捻ってていると、仔獅子がかぱりと口を開けた。

「わっ⁉」

吹き出したのは金色の炎だ。

見覚えのありすぎる炎に、よく見てみれば仔獅子の瞳は半目で、ふてぶてしい印象だった。

「まさか、ライオネル陛下……？」

「みゃっ‼」

肯定するように、仔獅子が鳴き声を上げた。

「え、本当に？　そんなことが……」

「あるみたいだな」

コーデリアの横ではレオンハルトが、仔獅子と視線を合わせていた。

「『またいつ呪術師が出てくるかわからないから、この姿で見守っていてやる』とおっしゃっているな」

「ライオネル陛下の考えていることがわかるのですか？」

「なんとなくだが……。魂を共有しているせいだろうな」

しげしげと、コーデリアはライオネルを見つめた。

見かけは愛らしい仔獅子だが、ライオネルと知ってから見ると、仕草の端々に、面影があるように感じられた。

「……それとコーデリア、もう一つ伝えておきたいことがあるんだ」

「何でしょうか？」

「どうやらライオネル陛下と俺は、一定距離以上離れられないようだ」

「えっ……？」

「……予想外の伏兵だな」

レオンハルトがこぼした呟きを気にする様子も見せずに。

ライオネルが気ままに伸びをし、にゃあと鳴き声を上げている。

その姿は愛らしく、とても王家の祖である、聖獣には見えないのだった。

「ライオネル陛下と一緒の生活ですか……」

彼のことは嫌いではないが、この先当分、レオンハルトと二人っきりになる機会は訪れないということだ。

少し残念に思っていると、再び猫の鳴き声が聞こえてきた。

今度こそ、コーデリアの飼い猫のニニの声のようだ。

「にっ！」

ニニは鳴き声を上げると、ライオネルに近づいていく。

見慣れない相手の登場にライオネルは億劫（おっくう）そうで、やがて去っていってしまった。

「あ、殿下と離れてしまっては……」

「これくらいなら、どうやら大丈夫のようだな」

遠ざかるライオネルを、ニニは追いかけることにしたようだ。

二匹の相性が良いものでありますようにと、そう願ったコーデリアだったが、

「殿下……？」

気がつけばレオンハルトに抱き寄せられていた。

「ここに感謝だな」

レオンハルトが小さく笑うと、翡翠の瞳を甘く細めた。

蕩けるように甘く、それでいて熱い、強い瞳が間近に迫ってきて――


――二人きりの時間を、コーデリアは口づけと共に味わったのだった。

書き下ろし番外編1「蛇の画家の思うことは」

「兄ちゃん、ずいぶんと強いんだな。人は見かけによらないってやつか」

男性商人からかけられた言葉に、ヘイルートは振り返った。

「たまたま野盗たちが、ビビッて逃げてくれただけっすよ」

へらりと笑みを浮かべ、肩をすくめそう答える。

コーデリアらと別れてから半月ほど。隣国のエルトリア王国の街道を進んでいたところ、乗っていた馬車に野盗が寄ってきたため、やむを得ず追い払ったのだ。

「いやいや、兄ちゃんのおかげだよ。荷物を投げつけて、野盗どもの顔面に次々とぶち当ててたじゃないか。あぁも見事な投げっぷり、俺は初めて見たぞ！」

馬車の同乗者である男性商人は興奮した様子だ。

護衛のいない乗合馬車が野盗に襲われた場合、手持ちの金と荷物を差し出し、命だけは見逃してもらうのが普通だ。それを知る男性商人は、つい先ほどまで野盗の襲撃に青くなっていた。荷物を奪われ手ぶらで放り出されると覚悟していたところで、ヘイルートが動き出したのだ。

「兄ちゃん、ただの優男だと思ってたが、実は有名な軍人なんじゃないか？」

「はは、まさか。俺はただの画家っすよ」

「ただの画家が、あんな素早く野盗を退治できるかよ」

「昔、親に狩りを手伝わされてたんすよ。おかげで物を投げるのが、人より少し得意なだけです」

「狩りの手伝い、ね……」

男性商人は納得していない様子だ。が、野盗を追い払ってくれた恩人であるヘイルートに、それ以上追及の矛先を向ける気は無いようだった。

「わかった。そういうことにしてやるよ。だからこの先、またこの馬車が野盗かなんかに襲われたら、兄ちゃんが退治してくれよな」

「はいはい。俺のできる範囲で頑張りますよ。このあたり、そんなに野盗が出るほど治安が悪いんすか？」

「……大きな声では言えないが、この周辺一帯を治める貴族様は、あまり有能な方ではないからな」

エルトリア王国は貴族の力が大きく、それぞれが治める領地ごとに貧富や治安の差が大きかった。

今進んでいるこのあたりは、治安の悪い領地のようだ。

「なるほど。領主様次第で明暗はっきり分かれるとは、この国も大変そうっすね」

「あぁそうか、兄ちゃんはお隣のライオルベルンから来てるんだったな。向こうはここらに比べ安全なのかい？」

「うちの国は、王族が頑張ってくれてますからね」

ヘイルートは自身の友人であり、主（あるじ）でもあるレオンハルトを思い浮かべた。

王族である彼と出会ったことで、ヘイルートの運命は大きく変わったのだ。

ヘイルートが生まれたのは、比較的裕福な平民の家だ。

父親と母親、兄と姉と一緒に、ライオルベルンの片田舎で暮らしていた。多少のいさかいはあれどおおむね和やかに、一家五人で平和に暮らしていたのだが、

「ひっ⁉　その瞳は一体なんなの？」

ヘイルートが六歳のその日、母親の悲鳴を皮切りに、家族の在り方は一変してしまった。

母親譲りの紺色の瞳が金色に、しかも人間離れした細長い瞳孔に変わってしまったのだ。

両親は驚愕し、一体何があったのかと問いただした。しかしヘイルートには心当たりがなく、尋常でない様子の両親に怯え戸惑うばかりだ。

そんなヘイルートの金色の瞳を見るたび、父親は機嫌が悪くなっていった。自分の妻が金色の瞳を持つ何者かと浮気し、その特徴がヘイルートに受け継がれたのではと考えたのだ。

両親はみるみる不仲になっていき、その原因であり奇異な瞳を持つヘイルートは、家族全員から疎まれるようになっていった。虐待こそなかったが、冷ややかな空気に押し潰されるようで、十三歳で生家を飛び出したのだ。

「どうして俺は、こんな瞳になってしまったんだ？」

瞳の変化を制御できるようにはなっていたが、秘密を明かせる相手はおらず孤独だった。一人各地をさ迷い、日雇いの仕事で食いつないでいく生活。幸い頭も要領も良かったし、身体能力も高かった。

正確に言えば、高すぎるほどだったのだ。

人間離れした筋力と運動神経、そして独特な視覚をヘイルートは持ち合わせていた。そのせいでより家族との溝が深まってしまったのだが、一人で生き抜くにはとても便利な力だ。

ヘイルートは小金を稼ぎながら、自身の瞳が何であるかを探っていた。絵を描(か)き始めたのもその一環だ。成長するにつれ、自身が見ているものが、他(ほか)の人間と異なっているのに気づいたのだ。

ヘイルートの瞳は色や光だけではなく、熱や魔力をも捉(とら)えていた。

暗闇(くらやみ)だろうが間に壁があろうが関係ない、人間はもちろん獣人とも違う異質な視覚だ。ヘイルートは同じような瞳の持ち主がいないかと情報を求め、自身の見る世界を絵画で表現しているうち、ライオルベルン王国の王都に住み着くことになった。

画家として暮らしていたヘイルートだったが、十七歳になり少ししたその日、王都を必死で逃げ回ることになる。

「くそっ、しくじった……！」

ぽたぽたと、足元に血が滴っていく。右腕の傷口は深く、今だ出血が止まりそうにない。何人もの刃物(はもの)を持った男に襲われ、さすがのヘイルートも避(よ)けきれなかった。白いシャツと茶色のズボンが、赤く重くなっていくのを感じた。

（手を出す相手、間違えちまったかな）

血の気の失(う)せた唇で、ヘイルートはどこか他人事(ひとごと)のように笑った。

瞳の謎(なぞ)を明かすため、一般には出回っていない知識を求め裏社会と関わりを持ったのだ。

深入りしないよう器用に動いていたつもりが、いつの間にか追っ手をかけられる事態になっている。むざむざやられたくはないが、このままでは明日の朝日は拝めなそうだ。

（俺も終わりか……）

路地裏の壁に背中を預けた。ずるずると、自ら作った血だまりへと座り込む。体が重くて、もう立ち上がれそうになかった。生き延びたいと、そう強く願う理由も見つからなかった。人ならざる瞳を持つ自分には、お似合いの末路なのかもしれない。

瞼を閉じ、ただ緩慢に呼吸を繰り返していたヘイルートだったが、

「ぎゃう？」

間近で聞こえた声に、ゆるゆると瞼を持ち上げた。

「猫、か……？」

それにしては、耳の形や手足の太さに違和感がある気がした。ぎゃうぎゃうみゃうみゃうと、金色の毛皮を持った猫のような生き物が、ヘイルートの周りをしきりに歩き回っている。

（変な奴……）

ヘイルートはなぜか犬や猫、馬といった動物に嫌われやすかった。ここまで近くで、毛皮を持つ動物を眺めるのは初めてかもしれない。

（死に際にして初めての体験か。猫……かはよくわからないが、近くで見ると可愛いもんだな）

ぼんやりと考える間も、猫らしき生き物は逃げていかなかった。くりくりとした翡翠色の目で、ヘイルートを観察するように見上げている。

「おまえ、さっさと遠くへ行った方がいいぞ。そのうちここに、物騒な奴らがやってくるからな」

しっしっ、と。無事な左手を動かした。

全身が鉛のように重いのに我ながらよくやることだ、と。ヘイルートは軽く笑った。

猫らしき生き物は戸惑った気配を見せたが、やがて興味が失せたのか離れていったようだ。

（寒いな……）

一人きりになると、寒さとだるさが急に強くなってくる。身を震わすヘイルートの元へ、近づいてくる足音が聞こえてきた。

「君、この場から動けそうかい？」

「は……？」

予想外の相手。目の前に差し出される掌。

やってきたのは追っ手ではなく、金色の髪の少年だった。年頃はヘイルートと同じか少し下。信じられないほど綺麗な顔をしていて、今まで見たこともないほど、まっすぐで澄んだ眼差しをしている。

「おまえ、誰だ？　なぜ俺を助けようとする？」

「君の様子を見ていたからだ。君は先ほど、猫を巻き込まないよう、遠ざけようとしていただろう？」

「……わけがわからないぞ」

あれはほんの気まぐれ。たとえ少年の目に善行に映ったとしても、ただそれだけで、明らかに訳ありなヘイルートを助けようとする理由にはならないはずだ。

「いざという時、他者を気遣えるのは優しい人間だ」

「あんた、馬鹿じゃないのか？　お優しく綺麗な人間は、路地裏でくたばりかけたりなんぞしねーよ」

「そうかもしれないな。だが俺は、君を助けたいと思ったんだ」

「なんでそんなに俺のことを――」

「いたぞ!!　奴だ!!」

怒鳴り声と共に、いくつもの足音が殺到してくる。

剣を手にした追っ手たちが、ヘイルートと傍らの少年を睨みつけた。

「おい、金髪の小僧、おまえ一体何者だ？　ヘイルートの知り合いか？」

「違うが、この場は引いてもらえないか？　僕は彼と、ヘイルートと話がしたいんだ」

「はぁ？　ふざけんな。おまえその服、どっかのボンボンか何かか？　さらえばいい金になりそうだな」

嘲笑と共に、追っ手が少年を捕えようと手を伸ばすが、

「物騒だな」

「なっ!?」

あっさりと少年に避けられ、すれ違いざま足を引っかけ転ばされていた。

追っ手たちが怒り、少年に掴みかかっていく。一体多数、多勢に無勢だったが、少年は涼しい顔をしている。飛んでくる拳をなんなく避けると、次々と追っ手を気絶させていった。

「強い……」

ヘイルートはぽつりと呟いた。身体能力には自信があったが、少年は明らかに自分の上を行っている。ぽかんと見ているうち、追っ手全てを気絶させた少年が歩み寄ってきた。

「これでようやく、少し落ち着いて話せるな」

「……おまえ、一体何者だ？　もしかして人間でも獣人でもないのか？」

「人間だよ。……ただ少し、特殊な体質をしてるんだ。こんな風にね」

「なっ⁉」

ヘイルートは瞳を見開いた。

目の前で少年が消え、代わりにそこに、つい先ほど見かけた猫らしき生き物が座っている。

「なんだこれ……？　人間が猫に変わった……？」

「ぎゃう‼」

猫らしき生き物は相槌を打つように鳴くとかき消え、代わりにまた少年がその場に立っていた。

「この通り、俺は人間以外に獅子に姿を変えられるし、他にも変わった能力を持っているんだ。君も何か普通の人間では考えられないような、特殊な力や感覚を持っているんじゃないか？」

あまりの衝撃に、ヘイルートは黙り込んでしまった。

自分と同じような、特殊な力の持ち主が目の前にいて、こちらを助け秘密を打ち明けてくれたのだ。

「……どういうことだ？　なぜ俺が、他人とは違う力を持っていると気づいたんだ？」

「俺の鼻は特殊なんだ。君の匂いを嗅いだ瞬間、『あぁ、ただの人間じゃないな』と理解できたよ」

「そんなことがわかるのか……。だとしてもなぜ、わざわざ訳ありの俺を助けたんだ？」

何年も孤独だったことで、ヘイルートは警戒心が強くなっていた。

落ち着いて観察すると、少年は見るからに上等な衣服を着、気品とでも言うべきものをまとっている。どう見ても別世界の住人の彼が、薄汚れたヘイルートを助ける理由がわからなかった。

『理由なら簡単さ。君と友人になりたいんだ』

「はぁ……？　それ、本気で言ってるのか？」

ヘイルートはそう言いつつも、少年の言葉に嘘が無いのを直感していた。こちらを見る翡翠の瞳は揺らぐことなくまっすぐで、なにより彼の告げた願いが、ヘイルートにも覚えがあるものだったからだ。

(友達、か)

特殊な体質を異質な外見を隠すことなく、ただ当たり前に話すことができる誰か。

何年もヘイルートが探していた相手が、目の前の少年なのかもしれなかった。

『……俺の名はヘイルート。画家をしてる平民だ。そっちはなんて名前だ？』

「俺の名は――――」

そうして告げられた名前は、まさかの王子様のもので驚くことになったけれど。

その後ヘイルートは金髪の少年レオンハルトと、友情を築くことになったのだった。

◇◇◇◇◇◇◇◇◇◇◇◇◇◇◇◇◇◇

レオンハルトとの出会いは、間違いなくヘイルートの人生の転機だった。彼は得難い友人かつ主君だったし、その頼みごとを聞いたからこそ彼女と、コーデリアと出会うこともできたのだ。

（コーデリア様、今頃元気にやってますかね）

甘い胸の痛みを感じながら、ヘイルートは旅路を馬車で揺られていた。

祖国を出る直前、ヘイルートはコーデリアにも瞳の秘密を明かしている。人とは違う瞳を持つ自分を、コーデリアは恐れることなく受け入れてくれたのだ。

（俺の恋は叶わなかったが、それでもコーデリア様に出会えたのは、きっと幸運だったんだ）

失恋の痛みも鮮やかな今、それは強がりでしかなかったが、いずれきっとコーデリアと友人として、憂いなく顔を合わせられる日が来ると思いたかった。

（コーデリア様とレオンハルト殿下のそばにいても恥ずかしくない、そんな生き方をしていかないとな）

正直なところ、先ほど馬車が野盗に襲われた際、乗客を見捨てる選択肢も浮かんでいた。自分一人なら、襲撃に紛れ脱出することが可能だ。数年前の自分なら、迷わず自分一人で逃げ出していたはず。なのにそうせず、わざわざ目立ってまで乗客たちを助けたのは、脳裏にコーデリアたちの顔が思い浮かんだからだ。

「……友人の存在って、思ったより大きいのかもな」

ぽつりと落としたヘイルートの呟きを、男性商人が耳ざとく拾い上げた。

「おっ、兄ちゃん何だい？　誰か国に残してきた、ダチのことでも思い出したのかい？」

『あぁ、そんなところだ』

ヘイルートは頷き笑って、

「俺にはもったいない、大切な友人たちだよ」

そう言葉を続けたのだった。

書き下ろし番外編2「あなたと故郷で林檎を」

「私の故郷に行ってみたい、ですか？」

「あぁ、そうだ。君の生まれ育った土地を訪れてみたいんだ」

レオンハルトの申し出に、コーデリアはしばし考え込んだ。正式に彼の婚約者になってから二か月。伯爵邸から王宮内へと住まいを移し、そろそろ落ち着いてきたところだった。

「殿下はお時間大丈夫でしょうか？」

「問題ないよ。そのために、この先しばらくの仕事を早回しで片づけてきたところさ」

レオンハルトは軽く言っているが、王太子となった彼はコーデリア以上の激務を抱えているはずだ。いくらレオンハルトが優秀とはいえ、コーデリアは少し心配だった。

『ふん、おまえの心配は杞憂（きゆう）だぞ』

足元からふでぶてしい声が聞こえた。

視線をやると声の印象にそぐわない、愛らしい仔獅子（こじし）がくわりと欠伸（あくび）をしている。

「ライオネル陛下、もうお目覚めだったのですね」

仔獅子の姿になったライオネルは怠惰気ままに、一日の大半を眠って過ごしていた。

姿かたちの近い猫と似通った生活と言えるが、その姿には全く、初代国王にして聖獣たる存在の威厳は感じられなかった。

ライオネルはまだ眠いのか、半目になってコーデリアを見上げている。仔獅子の姿では当初「がう」「ぎゃう」などとしかしゃべれなかったが、どうやって身につけたのか、人間の言葉を発することができるようになっていた。

『レオンハルトは、宮廷雀（すずめ）どもに邪魔されずおまえと過ごしたいのだ。多少無茶をして仕事をこなそうが、おまえが気に病む必要は微塵（みじん）も存在していないぞ』

「そういうことだ。コーデリアと過ごすためなら、あの程度俺（おれ）にはなんともないからな。ちょうど一度、君の故郷をこの目で見てみたいと思っていたところだったしな」

『それはありがたいお言葉ですが……」

コーデリアは少し思い悩んだ。

愛する故郷は麦畑と林檎（りんご）畑、そして牧草地の広がるのどかな、言ってしまえばただの田舎（いなか）だ。王都で生まれ育ったレオンハルトには、少々退屈に感じるかもしれない。

「駄目かい？　君と一緒ならきっと、これ以上なく楽しい旅行になると思うんだ」

「……わかりました」

そうまで言われては、コーデリアに断る理由は無かった。騒がしい王都を離れ、レオンハルトと一緒に過ごせるのは、コーデリアにとっても魅力的な提案だったのだ。

「ではフェミナ殿下、行って参りますね」

旅行の計画を立ててから十日後。

コーデリアはレオンハルトが用意してくれた馬車で、王都から旅立つことになった。大々的な出立は避け、ごく親しい相手にだけ挨拶をしていく形だ。

「必ず絶対、予定通り帰ってくるのよ⁉」

フェミナまで連れていくことはできず、少しの間寂しい思いをさせてしまうのだ。

小さく頬を膨らます彼女をなだめるようにと、コーデリアは一つ約束していた。

「もちろんです。約束通りお土産に、うちの故郷の林檎菓子を持ってきますね」

「約束よ！」

フェミナは叫ぶと、ぎゅっとニニを抱きしめた。

すっかりフェミナに懐いたニニは、寛いだ表情で尻尾を揺らしている。コーデリアがいない間も、使用人やフェミナがニニの様子を見てくれるため、安心して旅立つことができる。ニニを抱いたフェミナが、今度はレオンハルトに話しかけるのを見ていると、ベルナルトが声をかけてきた。

「コーデリア殿、まだ時間は大丈夫か？」

「大丈夫です。お見送りに来てくれて、どうもありがとうございます」

王都に滞在するベルナルトとは、今も交流が続いていた。レオンハルトと模擬戦や鍛錬を行うことが多いが、コーデリアとも気安く話す関係だ。

「ベルナルト様の方こそ、ここのところお忙しいと聞いていますが大丈夫ですか？」

コーデリアらと協力しザイードの協力者を捕えて以来、ベルナルトの軍内の扱いも変わっているようだ。ただのお飾りの隊長職だったのが、今は何人もの部下を指揮し駐在武官の任務を果たしていた。

「問題ない。旅立ちの前にと、今日はこれを渡したかったからな」

「これは……？」

厚手の二枚の布だ。

羊毛のように見えるが、少し手触りが違う気がした。

「羊毛を中心に、数種類の繊維で作られたものだ。レオンハルト殿下とコーデリア殿、二人の分を用意してある。多少だが振動や寒さを軽減してくれるから、馬車の移動の際座面に敷いておくといい」

「ありがとうございます。さっそく使わせてもらいますね」

軍人として旅慣れしているらしい、ベルナルトらしい気遣いだった。

これがあれば馬車の旅も、いくらか快適になるはずだ。

「大過なく旅が進むよう願っているぞ。王都へ殿下が帰ってきたら、また手合わせしてもらおう」

「俺も望むところだ」

フェミナを撫(な)でながらレオンハルトがそう答え、間もなくしてコーデリアと共に、馬車に乗り込んだのだった。

◇◇◇◇◇◇◇◇◇◇◇◇◇◇◇◇◇◇◇

コーデリアの故郷、グーエンバーグ伯爵領までは、王都から馬車で三日ほどの距離だった。行き返りに三日ずつ、そして伯爵領に四泊滞在する予定の、全部で十日間ほどの旅行だ。馬車から見える光景が見慣れたものになるにつれ、コーデリアは目元を和ませていった。

祖母と共に故郷で過ごした毎日は、コーデリアの大切な思い出になっている。両親とは疎遠で辛い思いをした幼少期だったけれど、祖母との思い出の残る故郷を、コーデリアは愛しているのだ。

「楽しそうだね。窓から何が見えるんだい？」

コーデリアの横から、レオンハルトが窓をのぞいた。

「ふふ、特別な光景ではありませんが、故郷に帰ってきたなと、懐かしく思っていたのです」

「これが、幼い頃からコーデリアが見ていた風景なんだな」

窓の外に見えるのは緩やかな丘陵に広がる麦畑と、やや遠くに立ち並ぶ林檎の木々だった。

「あちらの進行方向に見えるのが、うちの伯爵家が直接有する畑と果樹園で、昔は祖母と一緒に、林檎の収穫をしていました」

「祖母と一緒に？」

レオンハルトが意外そうにするのも自然な反応だった。

コーデリアの祖母は、厳格で貴族らしい人間として知られている。そんな祖母が、自ら林檎の収穫を行っていたのは、印象と食い違うようだった。

「祖母は生前、『林檎はわが伯爵家を支えてくれる大切な財産です。伯爵家の人間たるもの、林檎のことをきちんと学ばなければなりません』、と言っていて、毎年一日だけですが、私と林檎の収穫を行っていたんです」

「なるほど。直接林檎の収穫を体験することも、勉強の一環だったんだな」

「ふふ、勉強ではありましたが、林檎の収穫は同時に、祖母の趣味でもあったと思います。祖母は林檎の味と食感を、とても好んでいましたからね」

嬉しそうに林檎を食べる祖母を思い出すと、今でもコーデリアの胸があたたかくなった。

自己を厳しく律していた祖母だったが、ごくたまにわがままとも言えない、ちょっとした茶目っ気をのぞかせることがあったのだ。

「祖母のおかげで、私も林檎が好きです。食べるのも見るのも収穫するのも、どれも心踊りますね」

「なるほど。ならちょうどいいし、馬車から降りて少し林檎畑を歩いてみるかい？」

「はい、行ってみたいです」

窓の外に、ちょうど実を付けた林檎の木々が見えた。冬には少し早いが、伯爵領では幾種類かの林檎の木を育てている。早咲きの林檎が、実をつけているようだった。

「ライオネル陛下はどうなさいますか？」

『……めんどくさい。余はここで寝ているから、二人で行ってくるといい』

レオンハルトと一定以上の距離を離れられないライオネルは、旅の間ずっと馬車に揺られまどろんでいた。今もむにゃむにゃと瞳をつぶり、早くも寝直し、夢の世界へと向かっているようだ。

「わかりました。少し出てきますね」

馬車を停め、扉を開けると少し寒さを感じた。

念のため、ベルナルトからもらった布を、ライオネルへとかけてやった。布は軽く丈夫で、それでいて保温機能にも優れていたため、旅の間とても重宝している。ベルナルトに感謝だ。

コーデリアは馬車を降りると足取りも軽く、林檎の木立へと歩いていった。

「殿下、見てください！　こんなに立派に、林檎が赤くなっています！」

枝からぶら下がった林檎を見上げ、コーデリアは笑みを浮かべた。

今年は夏に雨が多めで少し心配だったが、林檎の木は無事に実を結んでくれたようだ。

実のつまった林檎にしゃくりと歯を立てる感触を想像すると、自然と笑顔になっていた。

「あ、見てください。こっちの林檎もとても美味しそうで――――きゃっ⁉」

コーデリアの体が傾いだ。上ばかり見ていて、足元が疎かになっていた。

「コーデリアっ！」

レオンハルトが素早く、コーデリアの体を受け止める。

足元不注意でうっかり転んでしまい、申し訳ない限りだった。

「殿下、申し訳ありません。見苦しい姿をお見せしてしまったようです」

「見苦しい？　そんなこと全くないよ」

レオンハルトは言うと、甘くコーデリアに微笑みかけた。

「林檎を見る君は、とても可愛らしい顔をしていたよ。思わず見とれていて、支えるのが遅れてしまったんだ」

「うう、恥ずかしいです……」

故郷に帰り童心に戻ってしまったせいか、まるで子供のようにはしゃいでしまったのだ。

その姿をレオンハルトが褒めれば褒めるほど、コーデリアの頬は赤くなっていった。

「真っ赤だな。まるで林檎みたいで、食べてしまいたくなる」

「ひゃっ!?」

レオンハルトの唇が頬をかすめた。

小鳥が触れるような軽い口づけだったが、コーデリアはますます赤くなっていく。心臓に悪くて恥ずかしくて、なのに心のどこかでもっと触れて欲しいと、望む自分も存在しているのだ。

「殿下といると私はどんどん欲しがりに、わがままになっていきそうです……」

「君のわがままなら大歓迎さ」

レオンハルトは笑うと、コーデリアの髪を一房すくい口づけた。

「君の髪に、手に、頬に、体に。こうして触れ香りを感じているだけで、俺は何より満たされているんだ」

「……私もです」

コーデリアはそっと、レオンハルトの指に自らの指を絡めた。優しく握り返される温もりに目を細め、彼の思いやりを感じる。

今回の旅行は、コーデリアを気遣ってのものだった。立太子の儀の準備に、正式な婚約者となるための諸々の根回し。それらに時間を取られたこともあり、従兄のジストへの伯爵家の引継ぎが完全には終わっていなかった。が、今回伯爵領に来て関係者と会うことで、残りの引継ぎ作業も終わる見込みだ。おかげでコーデリアは心残りなく次の春、レオンハルトの妃になることができる。

「……いよいよ私、殿下の妃になるのですね」

「まだ不安かい？」

「はい」

コーデリアは素直に答えた。レオンハルトには虚勢を張ってもお見通しだ。王太子である彼の伴侶になるのに、今でもやはり恐れ多い思いがあった。

「でも、それ以上に、殿下の妃になれて誇らしい気持ちでいっぱいです。嬉しくて嬉しくて、つい駆け回りたくなってしまいます」

「なら俺は大切な君が、俺のまたたびがどこかへ行ってしまわないよう、こうして捕まえてないとな」

「……ふふ、またたび、ですか」

コーデリアは小さく笑った。

俺のまたたび。

初めて聞いた時は何を言っているのかと思ったけど、今はひたすらに甘く感じるのが不思議だ。

「私はずっとずっと、殿下のおそばにいたいと思っています」

コーデリアはレオンハルトを見上げた。どちらからともなく顔が近づき、レオンハルトの指が優しく、コーデリアの頬から顎を撫でていった。

顎を持ち上げられ、そのまま唇がレオンハルトの唇へと近づいていき。

林檎の木立の中で、コーデリアは口づけを交わした。

触れた唇は甘やかで、頭がくらりと回るようだ。

「んんっ……」

「コーデリア……」

蕩（とろ）けるような呟（つぶや）きが耳をかすめる。

空気を求め顔を離した時には、足元がふらつき立てなかった。

目の前のたくましい胸板に身を預けると、早鐘を打つような鼓動が伝わってくる。レオンハルトはわずかに頬を上気させただけだったが、鼓動の方が正直なのかもしれない。

甘い余韻に浸りながら、コーデリアは林檎の木を見上げた。

見慣れたはずの林檎がより一層艶（つや）やかに赤く、愛（いと）おしく目に映った。

「殿下とこうして、故郷の林檎を見られてよかったです」

「俺もだよ、コーデリア」

そうレオンハルトは優しく呟くと。

再び口づけを、コーデリアへと落としたのだった。

あとがき

お久しぶりの、作者の桜井悠です。

おかげさまでこうして「妹に婚約者を取られたら、獣な王子に求婚されました」二巻を刊行することができました！

一巻を買ってくださった皆様、ありがとうございます！

もし初めてこちらの作品を手にした方はぜひ、一巻と一緒にお楽しみいただきたいです。一巻で妹や家族から解放された主人公のコーデリアが、二巻ではレオンハルトの妹や、他国から来た軍人と関わっていくことになります。

レオンハルトからの溺愛は増量。獣耳成分も増量しております。

獣耳、特にライオンの耳って丸くてかわいいですよね。顔つきは百獣の王の威厳にあふれかっこよく、二つのお耳はキュートに。とても魅力的な生き物だと思います。

メインの二人の甘いやり取りに加え、新規キャラクター達も賑やかにお送りいたしております。見た目は優雅、中身は戦闘民族なベルナルト。朗らか軍人にして事件の黒幕、素顔はお婆ちゃんっ子なアレン。それに本編終盤で登場した新たな仔獅子など、気に入っていただけたらと思います。

また、二巻本編では出番が無かったヘイルートは、書き下ろし番外編1で登場させてみました。彼なりのコーデリアとレオンハルトへの思いを書いてあります。

もう一つの書き下ろし番外編2では、二巻本編終了後に、コーデリアの故郷へレオンハルトと一緒に向かう内容になっております。こちら、氷堂れん様の素敵なイラストも挿入されておりますので、ぜひご覧ください。


それでは、最後に。

こうして書籍の形で二巻をお届けできるのも、多くの方々のご協力あってのことです。一巻に引き続き、物語を鮮やかに彩ってくれた氷堂れん様。デザイナー様に校正様、それにあれこれと改稿相談に乗ってくださった編集様。

どうもありがとうございました。

こうしてまた、読者の皆様とお会いできる日を、楽しみにお待ちしていますね。

妹に婚約者を取られたら、獣な王子に求婚されました
～またたびとして溺愛されてます～ 2

2021年3月5日　初版発行
2022年5月16日　第2刷発行

初出……「妹に婚約者を取られたら、獣な王子に気に入られました（※またたびとして）」
小説投稿サイト「小説家になろう」で掲載

著者　桜井 悠

イラスト　氷堂れん

発行者　野内雅宏

発行所　株式会社一迅社
〒160-0022 東京都新宿区新宿3-1-13 京王新宿追分ビル5F
電話　03-5312-7432（編集）
電話　03-5312-6150（販売）
発売元：株式会社講談社（講談社・一迅社）

印刷所・製本　大日本印刷株式会社
ＤＴＰ　株式会社三協美術

装幀　世古田敦志・前川絵莉子（coil）

ISBN978-4-7580-9342-2

おたよりの宛て先
〒160-0022 東京都新宿区新宿3-1-13 京王新宿追分ビル5F
株式会社一迅社　ノベル編集部
桜井 悠 先生・氷堂れん 先生